·长篇小说·

花甲之年

黄佩华 著

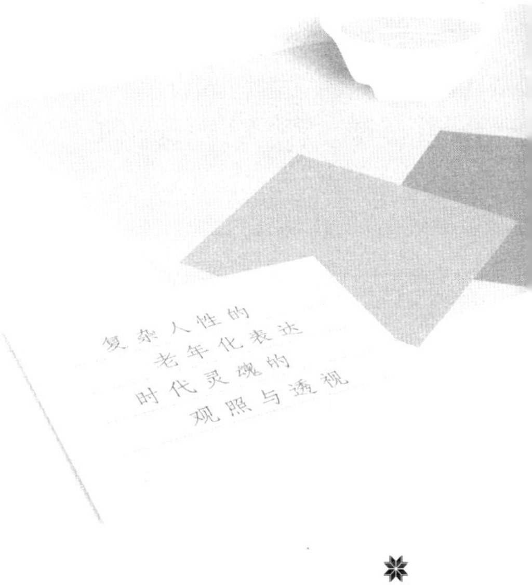

广西民族出版社
Gvangjsih Minzcuz Cuzbanjse

作者简介

黄佩华，壮族，广西西林县人，中国作家协会会员，广西民族大学驻校作家。文学创作一级。

出版长篇小说《生生长流》《公务员》《杀牛坪》《河之上》《五月病》，小说集《南方女族》《远风俗》《逃匿》《广西当代作家丛书·黄佩华卷》，散文集《生在平用》，长篇传记《瓦氏夫人》，民族文化图书《壮族》《彝风异俗》等。有作品翻译成泰语、越南语、俄语和柬埔寨语。

曾获第一届广西独秀文学奖，第二、第四、第五届壮族文学奖，第二、第三届广西少数民族文学创作“花山奖”，第四、第五届广西文艺创作铜鼓奖，第四、第七届全国少数民族文学创作“骏马奖”。

目录

上　部

下 部

上部

第一章

中午刚下了一场透雨。在烈日灼烤之下，南方七月的空气潮湿而焐热，这就是人们常说的桑拿天。

离上班时间还有二十五分钟，马达华就已洗漱着装完毕，拎起墨绿色的文件袋，离开凉爽的房间，在客厅门口的鞋柜前穿上运动鞋，接着在门旁的镜子前照了几秒钟，才轻手轻脚地走出房门，来到电梯口。

今天他特意提早五分钟上班，是因为有一个重要的约见。

他抢在这个时间出门，与其说是一种习惯，实则迫不得已。出门早了是学校老师和中小学生出门的时间，晚了又是行政管理人员的上班时间。虽说本单元有两部电梯，但三十三层近百户在短时间内一起上下楼，人员密度和拥挤程度可想而知。前些年选房的时候，他就预见到会有这种窘迫，极力主张选低楼层的住房，但拗不过固执的妻子，非要了这套十七层的。高峰情况下，乘电梯中途不停个十几回是不能落地的。若是走楼梯下楼也要转个十来分钟，一阵头晕目眩才能到达地面。他选这个时间乘坐电梯，刚好是一个人员相对比较少的缝隙，一般只停个六七次，花个五六分钟就能出楼门。

从宿舍区走往办公区需要十一二分钟。尽管一路树荫，但马达华走到半路就已满头大汗，T恤上衣洇湿了一圈，衣服似是一张油纸粘贴在皮肉上。他先是用手掌不停地擦拭额上和脸上的汗，后来干脆从裤袋里抽出一包纸巾，扯了两片攥在手里，边走边揩去面部的汗水。

上午下班前几分钟，学校纪委的小杜给马达华打电话，用甜脆的带有桂北口音的普通话告诉他，下午上班时间也就是三点钟，请他到纪委一下，领导有事情相告。当时他刚想要问她领导大概要谈的是什么内容，但就在他犹豫的时候对方就说拜拜了。在学校工作这么多年，而且都是楼上楼下的，他的工作性质使他跟机关里的每一个人都是熟识的，包括纪委的秘书小杜姑娘。小杜没有说明叫他去是开会，还是去谈话，或者是别的，只说是领导有事情要告诉他。那又会是什么事情呢？实在太难捉摸了。他晓得，虽然纪委和他所在的工会一样，都是学校的一个部门，但是大家的工作性质是有很大不同的。而且这些年，纪委的地位和职能作用更是今非昔比。因而他更晓得，被纪委约见肯定不会是什么好事。

许是小杜电话上留下的悬念作祟，中午他到教工饭堂吃饭的时候，他还特意观察了一下，看见纪委的常务副书记蒋光太的神态和往常并没有什么异样，照例是朝他在内的每一个人微微一笑，或是颔首点头打一声招呼。只是由于离得稍远，他端饭出来时蒋光太已经先坐到邻桌去了。那个小方桌已经坐满了四个人，他就不好再去挤了。他只好端起饭盘来到角落里，背对大伙独自细嚼慢咽起来。

吃完午饭回到家，城市的上空骤然压过厚重的云层。他刚关好所有的窗户，一场闷雨就哗啦啦地下来了。妻子到别的学校开会去了，只有他一个人在家。他关上卧室的门，把空调开到他喜欢的27℃，然后躺到床上静静地想。他把自己近年来所经历的大小事情像捋账单一样，一件一件地翻了一遍。作为学校工会的常务副主席，他思想坚定，忠于职守，认真履行职责，大事请示汇报，小事按章定夺，他觉得政治方面自己是过得硬的。至于个人生活作风方面，他觉得自己并没有什么值得需要说明的地方。关于经济问题，工会经费的使用是经过教工代会审定的，甚至逢年过节给教职工会员买的慰问品，也是专款专用，专人把关，没有一丝漏洞。要说稍有点什么不够严谨的事情，也就是节假日爱喝两口酒，不过都是和酒友们自掏腰包轮流请客的，似乎并没有涉及违纪。“我没有什么事。我不会有什么事的。”他一遍又一遍地想着默念着，不一会就在大雨声中迷糊睡去，直到闹铃响起。

马达华满怀心事地走进办公楼，径直往一楼右边尽头走去。他打开办公室的门又迅速关上，随手把文件袋放到办公桌上，拿起遥控器将空调打开，再从衣帽钩上摘下毛巾，把上半身草草地擦拭了一遍。随着凉风从空调里呼呼吹出，他感到浑身舒爽多了。他抬手看看手表，离上班时间还有五分钟，纪委在五楼，坐电梯一两分钟就到了，没必要提前上去。

“我没有事的，我不会有什么事的。”他心里又自我安慰了一遍，然后便坐到办公桌前，顺手打开了电脑。接着他又不由自主地在电脑的桌面上点击了一个文件，《第十二届教代会暨第二十届工代会第三次会议工作报告》立即呈现在显示屏上。

这是这些天马达华手头正在忙的一件大事。这个文件是为下学期初召开的教工代会准备的，每个学期刚开始，学校都照例要召开一次教代会和工代会。已经连续第五年了，他总共作了九次工作报告。眼看快要放暑假了，在正式放假之前，所有的会议文件要先撰写完毕，然后交给主管领导审阅，再交由教代会和工代会各专门委员会审定。本来轻车熟路的事情，不料前些天又被一个交通事故插了一杠，耽误了一些时日。

几天前，学校为了让退休教职工了解校情，分享学校发展的成果，增强自豪感，特意组织老同志分乘三部大巴去郊区的新校区参观。结果回来的路上一部大巴撞到了一辆私家车，造成了十多名乘客受伤住院。为了处理善后工作，学校临时抽调了一批行政干部去充当协调员，协助家属照顾好伤员。他负责联系的伤员恰巧是上一任的工会老主席，老人家被撞断了两根肋骨，还崩了一颗门牙。躺在床上的老主席看见是马达华来照看自己，激动得不顾肿得高高的脸庞，紧紧地攥住他的手，连连说如果不是命大就见不着他了，这次真是到阴曹地府去走了一回。说着说着老主席就呜呜咽咽地哭了起来。马达华不得不认真地坐到他床边，一手紧握他的手，一手从床头柜上抽出纸巾帮他擦泪。尽管老主席伤心得涕泪俱流，但他的儿子似乎是听得麻木了，坐在另一张空病床上自顾自地戴着耳机玩手机。连续三天，马达华的宝贵时间都耗费在医院里，看老主席伤心流泪，听他骂天呛地，他想着自己尚未完工的文稿，心情愈来愈无法安定下来。后来他只好请示主管领导，让领导派另一名调研员去接了医院的班，他才又坐回到电脑前。

看见文稿，马达华的目光便被上边的文字吸引住了。他不由自主地敲打着键盘，一个个汉字像捻长的棉絮在他指间跳跃着延伸开来。

忽然，一串熟悉的手机铃声从文件袋里蹿了出来，他赶忙拉开文件袋的拉链，摸出手机，点开接听键。一个甜脆而熟悉的女声随即响起："马主席，上午跟您说的事，您没忘吧？"

纪委小杜姑娘的声音似是把他从云里雾中拉了回来，他立马哦哦地应了两声，歉疚地说："对不起，对不起。小杜，我马上上去，马上！"

他顾不上关掉电脑，急忙操起文件袋，拿着手机转身关上了门。

出了五楼电梯间，他小跑着直奔纪委会议室。小杜姑娘却站在另一间小会议室等他，朝他招手让他过去。很显然，叫他来并不是参加人数比较多的会议。小杜压低嗓门对他微笑着说："领导都来了，您请进。"

小杜随后跟进门，不声不响地把记录本搁在靠近门口的座位上，然后又默默地为每个人沏了一杯茶。

马达华点头哈腰进入会议室，抬头一看，不大的会议室里只有三个人，他们都在长方桌的一边坐着。居中的是纪委副书记兼监察室主任蒋光太，右手边是人事处处长郑立宗，左手边是组织部副部长李安宁。三个人似乎刚刚在谈论什么，看见他进来后都停住了说话，但都一齐面带微笑，向他投来关注的目光。

看见三位都是老熟人，他原先上楼时略有些忐忑的心情便瞬时松弛下来。算起来蒋光太和郑立宗还是小他几岁的师弟，跟他一样都是以前西塘大学毕业留校的，且都是工会委员，他们还同是机关气排球队的队友，平时关系都比较密切。只有李安宁是外校招录进来的，在一个楼上办公也有十来年了，虽说没有其他两位那般熟络，不过彼此都不陌生。按照眼前的阵势，他只好坐到他们三个人的对面，与蒋光太面对面，同时也向三人分别报以微笑，不过表情略有些尴尬和僵硬。

“不好意思啊，让各位久等了，其实我已经提前到办公室了。”马达华讪讪地说，“想不到一打开电脑就又收不住了，竟然忘记了时间，真是有点老糊涂了。”

他的目光在三人脸上又扫了一遍，最后落在蒋光太脸上。

“不急，你先擦一擦汗吧。”蒋光太将桌上的一包纸巾往他跟前一推，仍旧是满脸堆笑。

经对方提醒，马达华才发觉脸上有什么东西在爬，急忙扯了一张纸巾在脸上揩了一下，自嘲地笑说：“哎哟，今天真是太闷热了。”

“是啊，主要是还下了一场雨。”郑立宗附和说。

待马达华用纸巾擦了两次汗，情绪稍微稳定之后，蒋光太瞥了身边两人一眼，语气和缓地说：“那，我们开始吧？”

“好，请蒋书记先开始。”郑立宗说。

马达华急忙从文件袋里掏出记事本和笔，摆出一副做笔记的姿态。蒋光太立马摆摆手，温和地说："马主席，你可以不用记录的，小杜记就可以了。"

蒋光太顿了一下，接着说："还是我先作一个说明吧，本来这种事情放在几年前，是要学校分管领导亲自出面的，不过这两年就不需要了，再说领导也忙，比如分管我们的杨副书记，这几天简直是忙得焦头烂额啊，呵呵。"

"马主席，有个事情需要向你说明一下。今年五月份巡视组第二次进驻我们学校，主要是巡察领导干部理想信念、履行职责和个人事项报告制度执行情况问题，这些情况我们在座的几位领导肯定都知晓了，并且每个人都填了表，都认真向组织作了说明和检查。不过，根据巡视组反馈的清单，他们发现了你有一项问题还需要整改。他们认为，你现在的出生年月和当初你填写入团志愿书的时间有出入，你入团时填的是1958年8月3日，但后来你的出生年月一直填1960年8月3日。"

"我的生日确实是1960年8月3日，那时候可能是初中老师随便填的。我都忘记了。"马达华急忙解释，"蒋书记你听我说，我父亲那里有我们全家的生辰八字，真真切切，不会有假。"

蒋光太意味深长地笑了笑，说："马主席，作为老同事，我也不愿意相信这个记录是真的，以你的状态现在不过是五十出头，不像是奔六的样子。真的太令人惋惜了。但是你要清楚，现在已经不是核实你的出生年月是什么时间的问题，而是你必须落实整改的问题。这个已经没办法商量了。小杜，请把原件给马主席看一下吧。”

马达华接过两份已经发黄的表格，先打开入团志愿书，皱起眉头把头伸过去，认真地端详了一会，嘴上嗫嚅着：“这个……应该……确实……是我的笔迹，志愿书和介绍人也是真的。唉，当时怎么这么糊涂啊！可能是介绍人蒙非老师打电话问我老爹，老爹喝酒多了乱说的吧。”

他把入团志愿书放到桌上，又拿起入党志愿书看了看，随后摇摇头苦笑说：“哎呀，我自己弄错了。认罚，认罚。我是高考那年才见到我的生辰八字，是寨上的道公写的。后来我查了万年历，才晓得自己是1960年8月3日出生，庚子年，属鼠。”

蒋光太说：“马主席，既然你已经认可，那我们就到此为止吧。考虑到你这个情况比较特殊，别人都是年龄往小里报，而你是往大里报，性质可能就不太一样。同时，几十年来，你在西塘大学的表现有目共睹，组织上，包括我们这个层级的干部对你都很认可。因此，学校纪委决定就不对你的问题进行追究了。请你放下思想包袱，和党中央保持高度一致，继续严格要求自己，继续全心全意为人民服务，做一名合格的共产党员。好吧，到郑处长。”

郑立宗微笑着把目光盯在马达华的脸上，慢悠悠地说：

"好，既然纪委定调了，我们人事部门就只能坚决执行了，这点也请马主席理解，多多包涵啊。"

"理解，理解。"马达华连连点头。

"马主席，既然这样，我们人事部门就认定你的退休时间是下个月，也就是2018年8月。你的养老金将按2014年9月以后的结算方式计算发放，从下个月开始，由区直社保部门按月打到你的银行卡。你的住房公积金也可能同时结算清楚，返还给你。你看还有什么问题吗？"郑立宗的表情还是笑眯眯的。

"有个问题，我的退休金是按行政级别还是按职称计算？"马达华问。

"是啵，马主席你好像是有职称的啵。你是什么职称呢？"郑立宗笑说。

"研究员。前年评的。"马达华说。

看见两人说偏了话题，蒋光太赶忙插话："这样吧，马主席以什么身份结算退休金，你们两个私下沟通。好吗？安宁副部长，你来说几句。"

李安宁点点头，例行公事地说："部长今天有别的事，叫我过来参加。部长交代我说，工会下学期要开教工代会，会有很多事情，还是希望马主席做好交接，不要耽误会议的筹备，其他工作也要做到有序交班。我们可能要过几天才正式下文，这个月有几位处级领导同时到点，请你也耐心等一等。”

马达华听了，脸上有些着急：“我还是希望组织上快点下文，我可是有些等不及了啊。”

“马主席不要有情绪嘛，我们今天也只是吹吹风，你下个月才到点，不急嘛。学校行政这一块也还没有放假，你该干什么就干什么，不着急。”蒋光太说着环视一圈，目光最后停在马达华脸上，又现出笑意，“马主席，你的今天就是我的明天。每个人都会老，都会退休，甚至都会去见马克思，这是自然规律，谁都跑不脱。只是你的情况有点特别，这也是你自己造成的。谁都会有错，都会犯错，既然自己有过失有错误，就要付出一些代价，就要为自己的过失埋单。希望你正确认识这件事情，想开一点，豁达一点。最后祝你快乐养老，健康长寿。”

“感谢组织，感谢学校。放心吧，我会好好养老，好好活着。谢谢三位！”马达华强装微笑，率先站了起来。

第二章

马达华始料不及，自己几十年前的轻率终于带来了惩罚和报应。正像蒋光太说的那样，如果当年他把年龄填小了会是什么结果？那是对组织的欺骗，那是不忠诚老实。如果上纲上线，那不仅是人品问题，更是政治问题了。

他下楼时选择了走楼梯，生怕坐电梯了会遇到熟人。他相信这时候自己的表情不会好看，怕别人看见自己的样子可能会被吓着。他悄无声息地回到办公室，关上门，然后坐到办公桌前，瞪着电脑发呆。

1978年夏天，十八岁未满的马达华第一次参加高考，就被当时的西塘学院录取，三代马帮头的儿子成为寨上的第一个大学生。他的祖父二代马帮头马成虎燃上高香，跪在神龛跟前，满含热泪地大声向祖宗报告："布洛陀在上，祖宗在上，神灵在上，列祖列宗保佑，土地神灵保佑，平用寨马家出秀才了。二代马帮头马成虎孙子、三代马帮头马世龙的儿子马达华考上了大学，今天特意宰了一头大肥猪，跪请列祖列宗和寨上父老乡亲，一起喝酒吃肉，以示隆重庆贺！”

一顿酒肉下肚之后，身为三代马帮头的父亲马世龙将他推上马背，骑行十五公里来到县城，目送他坐上开往首府的班车。

仿佛是命中注定，从踏进这个学校的那天起，他就再也没离开过这里。整整四十年，他这个中文系汉语言文学专业的毕业生，和西塘大学同呼吸共命运，为西塘大学奉献了最美好的青春年华。如今，忽然听说自己到六十岁了，到退休年龄了，尽管他没有再与组织争辩，并且当场表示了认可，但是此时此刻他的心情还是很难平复。就像是灯泡断了电，眼前一片漆黑。面对打开的电脑，他没有了接着敲打键盘的动力。

“咚，咚，咚！”有人敲门了，门板的响声比平时更响更震。

“请进。”他声音从喉咙里滚了出来，似乎有点虚弱。

开门进来的是同事梁英彦，工会专职副主席。她手里拿着一个文件夹，径直走到办公桌边，说：“刚才我来了一次，没见您在。这是下学期安排教职工疗养的方案，您看一下，没问题就签发了吧。放假之前要预先通知人家，免得到时候要排课的找人替换岗位来不及呢。”

马达华抬头接过文件，刚和梁英彦打了个照面，对方就叫出了声。

“哎哟，马主席，您不会是中暑了吧，脸色有点问题哦。”

马达华佯装镇定地淡淡一笑：“没什么嘛，天气这么热，可能是出汗多了吧。”

“噢，还有件事，今年教师节国庆节中秋节的慰问品也该提前筹划了。大家反映，年年都是一袋米一桶花生油，也该换点什么新花样了。您看呢？”梁英彦还是没有离开的意思。

马达华忽然脸一沉，有些不耐烦地说：“这个问题已经是老生常谈了，我刚来工会就开始有人提，甚至有人还上提案哩。不管他，一个人才几百块钱，不买米买油能买什么？先搁置，以后再说。”

“好吧，您好好休息一下，别中暑了。”梁英彦见状终于掩门走了。

梁英彦是马达华唯一的副手，虽说都是副主席，但他是常务，主管日常工作，还是正处长级，也比她早到工会两年。因而平时的大事小情都是他来拍板，她负责执行。刚四十出头的她原来在校办搞接待工作，做事干练麻利，而且酒量不错，很受领导赏识，便从科员一直干到科长。从前些年开始落实中央八项规定，校办的接待工作量大大减少，她这个科长似乎也没有了用武之地。于是有高明的领导就把她提拔过工会来担任副职，让她多跟他学习历练，日后好接他的班。

马达华对自己所干的这份工作总体来说还相当满意，尽管工会只有八个人，但麻雀虽小五脏俱全。除了两位领导外，还有办公室，有财会，有文体部，有福利部，下设各种文娱协会十余个，还要指导数十个部门工会的工作。虽说没有实打实的硬指标，但工会工作在高校不可或缺。回想留校差不多四十年，他曾经干过中文系辅导员、系团委书记、学校团委副书记、校办副主任兼秘书科科长，后来又做过后勤处副处长、保卫处处长、校友办主任。五年前，他还在乡下担任驻村工作队队长，忽然接到学校的召唤，让他参加教代会和工代会的选举，结果全票当选。代表们对他这么多年为人做事相当认可，同时也对他的毛笔字和笔杆子印象深刻。大家都晓得他出版过好几本书，而且每个人的书架上至少藏有一两本他的赠书。这样的人才干工会工作再合适不过了，所以大家都希望他成为马主席。

按照他自己的路线图，再干两年刚好满届，恰好临近退休的节点。等退休了就可以经常到老家去，种菜养鱼，陪父母亲和祖父，让他们过好晚年生活。闲时还可以写点文章，自驾到周边看看风景。然而，这个路线图到下个月就要提前终止了，就如同一部正在加大马力向上冲刺的汽车，到了半坡就失去了动力，在快到终点的时候忽然熄火趴窝了。面对这样的结局，他觉得一时难以接受，内心难以平静。

他在电脑前呆坐了约摸半个钟头，才拿起梁英彦送来的文件夹，缓慢地摊开，在休假人员名单上添上自己的名字，然后又在签发处签上名。这是他到工会后第一次给自己安排休假，即使不一定成行，但他觉得自己有这个权利。

离下班还有半个小时，手机叮咚一声，他打开一看，是妻子江兰岚发来的微信，说老岳父家里的热水器没法启动，让他下班后去看一下。他看了便有些恼火，回复说她应该叫儿子去，他要加个班搞材料。她立即回复说儿子晚上要打羽毛球，没空。他一看就更加恼怒了，告诉她那就让她哥哥他们去，她哥哥住得近。

不料江兰岚直接拨通了他桌上的座机，他拎起话筒说："你好，学校工会。"那头江兰岚就劈头盖脸地诘问："老马，我跟你讲，我发现你越来越缺少同情心了。你晓得吗？"

"你不要乱扣帽子，好吗。我确实要加班赶教工代会材料，你就不能让你哥他们尽一点责任吗？他是儿子，他也有小孩，不是吗？"马达华激动地用手敲击着桌子。

江兰岚说："看来你是忘了当初你怎么跟我父母说的了。那时候为了和我结婚，你说你既是女婿，也是他们的儿子。太搞笑了吧，现在需要你去给老人家处理点小事情，你就找各种堂皇的理由。你还是个男人吗？"

江兰岚的记忆力相当惊人，能够把很多陈年旧账记得一清二楚。他最怕她翻老账，因为无法对证，也没法反驳。正当他还在思考自己是否说过这句话时，电话那头又叫嚷起来：

“老马，我告诉你，你今晚去不去没得商量，我爸他每天必须洗热水澡，没热水了他去碰凉水会感冒的，懂吗?”

“好吧，好吧。别再啰唆了。”马达华的堤坝率先坍塌下来，他认输了。他晓得，妻子的更年期已经持续了好几年，说话做事都像换了个人似的，脾气变得捉摸不定不说，讲话也充斥着火药味。上个月她还在家里把一个女博士生给骂哭了，原因是这个学生论文出了点小错误，修改得不到位。学生还从老家带了两盒俄罗斯鱼子酱，顺便送给她尝尝，不料让她误以为是学生试图贿赂她，于是就对学生开骂起来，学生受不了委屈就哭了。

老岳父江元中住在市区中心朝阳花园附近，从学校去老人家的住处要乘坐七站地铁，说不上远但也不算近。平时马达华和江兰岚都是周末过去，和老人吃一顿饭，聊聊天。周日是江兰岚的哥哥江继军一家过去，他们住得比较近。

下了班，马达华拎起文件袋就奔向学校大门，往地铁口赶去。这个时段地铁会比较拥挤，上车越早越好。天气还是比较闷热，温度显然比中午低了几度，不过走到地铁口时 T 恤上衣还是透出了汗迹。虽说到了下班时间，但地铁站还是聚集了许多纳凉的老人。从地铁通车开始，无论是冷天还是大热天，总有一些老人来到地铁站蹭空调。有闲聊的，有打太极拳的，也有的席地而坐，静静地享受地下永恒的温度。看着这些老人，他仿佛看到了未来的自己，心中忽然掠过一丝难受。“不会的，我有老家，有乡土，我会写文章，还会写书法。实在无事可做了就去河边钓鱼。我绝对不会这样的。”他在心里安慰自己说。

等车的时候，文件袋里的手机响了，他掏出来接听：“郑处，你好!”

“马主席，今晚怎么溜那么快，我来你办公室就不见人影了。”郑立宗在那头说。

“不好意思，老泰山家里有点事情，叫我去处理一下。怎么样，有什么指示?”马达华也跟着打哈哈。

“有两个意思。一呢，想和你聊聊天。二呢，我让工资科算了一下，你的退休金如果按正高四级来算，每个月要少领五百多块钱。你正处十六年了，按行政级别要比你那个研究员强，我建议你还是按正处级领好点。”郑立宗说。

正说着，地铁呼啸而至。马达华急忙喊道：“哎哟，车来了。我们改天再聊，谢谢你。”

钻进车厢，他把手机塞进文件袋，拉上拉链，挤到对面门边，背靠扶手。看着熙攘的乘客，他不禁又回味郑立宗刚才说的话，心里立马涌起一丝暖意。

在学校里，郑立宗是和他共事时间较长的同事之一。郑立宗比他低三个年级，而且读的是历史专业，但他们后来的职业经历高度相似。毕业后留校，先从院系起步，逐渐晋级学校管理层，同样在多个处室当过领导。他们不仅是球友，还是酒友，节假日会聚在一起小酌聊天。略有不同的是，他热爱搞创作、练毛笔字，而郑立宗则除了喜欢书法，还喜欢骑单车和四处爬山。

在今天这样特别的日子里，郑立宗能主动来找自己聊聊天，还帮自己为退休金的事出谋划策，这种情义确实令马达华感动。

半个小时以后，马达华来到老岳父江元中家。看见他手上拎个文件袋，老人家便揶揄说："哎哟哟，达华呀，你一个堂堂工会主席，怎么就舍不得换个皮包呢，包是男人的脸啊！"

马达华微笑说："爸，您不晓得的，文件袋能装雨伞，装手机，装水杯，拎在手上还能防小偷小摸，功能强大得很哩。"

"先不说这些了，你快去看热水器吧。我早上去朝阳花园跳舞回来，出了一身臭汗，想洗个热水澡，没想到打不着火了。"江元中说，"我打电话给老大，人家说工作忙走不开。我都搞不懂了，他们信访局真的有那么忙吗？我看是脑袋瓜作怪吧。"

马达华检查了燃气管道和电路，似乎都通畅正常，但打开水阀时却听不到点火的嗒嗒声。他判断是打火电池有问题，便用螺丝刀拧开了电池盖，把一颗大号电池取了出来。

他把电池握在手里捏了捏，发现金属皮有些软了，仔细一看，还有液体浸出的痕迹。

“爸，应该是电池问题，都用几年了？”马达华问，“家里有没有大号电池？”

“我哪里晓得，好像上次是兰岚喊人来帮安装的，也有些年头了。”江元中说，“你去买一个电池吧，顺便搞半只烧鸭和几个鸭屁股回来，我煮饭，今晚我们搞两杯。”

马达华顿时来了精神，提高嗓门说：“好。”

江元中老家在桂东北农村，毗连湖南广东，而他却讲了一口标准的普通话。据说，他当年被特招进入广西军区文工团时，不仅会吹奏多种少数民族乐器，还会动手制作芦笙竹笛和马骨胡，而且人长得英俊帅气。虽说他只念过初中，却有超强的学习模仿能力，编舞谱曲、相声快板，样样来得。一个多才多艺的乡下年轻人，经过百般努力，最终成长为军区文工团副团长，转业时相当于副团级待遇。他原先住在与军区一墙之隔的一套房改房里，说当初选择在那里住，主要是考虑到在军区大院内还有一些老首长老熟人，平时方便往来。自从老伴去世后，他就离开了那个伤心之地，搬出了那套一百平方米的老房子，在热闹繁华的朝阳花园购买了一套两室一厅的商品房。

老人家对马达华这个女婿几乎没有什么生分，像是一对好战友好兄弟，两人也聊得来。他们有一个共同的爱好，就是逢年过节见面都要喝点小酒。马达华认为，这可能与他和老岳父都是山里人有关，山里人靠酒排除瘴气，保健暖身。但江兰岚不这么认为，她觉得他们都是农二代，观念习性还处在农耕文明阶段，融入不了城市的生活。她还从一个学者的角度分析说，马达华和江元中一样，没有进化彻底，他们都喜吃腊肉腊鸡腊鸭，喜欢臭豆腐豆腐乳，吃腌酸鱼，吃剁辣椒和辣椒骨，这些行为基本上还深受远古时代食腐习惯的影响。每次听到江兰岚这种言论，他们都嗤之以鼻，报以蔑视的怪笑，然后当着她的面大口喝酒吃腊肉。

八十岁的江元中性格开朗，豁达大方，活跃好动，加上受到了大半辈子的艺术熏陶，因而看上去比实际年龄要年轻得多，像是只有六十多岁的样子。更令他骄傲的是，到这把年纪了还是一头黑发，一口白牙，还是和中年人一样耳聪目明。很多人都向他讨教养生方法，问他如何把自己调理得这么有年轻相，他便狡黠地笑说："没有什么秘密，就是天天唱歌跳舞，经常吃鸡鸭屁股。"

马达华晓得，老岳父的养生秘诀不止这些，他除了喜爱喝酒吃腊肉之外，还喜欢交际，喜欢热闹，这也是他执意要搬到朝阳花园附近居住的原因。在老火车站和邕江大桥之间，有一条五六公里长的朝阳路，由北向南，形成了这座南方都城的中轴线。在朝阳路与东西向的人民路交会处，有一片约三百亩的绿地，这就是位居首府正中心的朝阳花园。花园面积虽小，但它与久负盛名的人民公园一起，被认为是这个城市最有人气的休闲娱乐胜地。

很多年以前，年轻的江元中从乡村来到首府，成为一名令人羡慕的文艺兵。他每天苦练演技艺术，参加军事训练，很快就获得了上台演出的机会。下军营慰问，参加各种演出比赛，成为他的日常工作。每到节假日，他就抽出时间在城市里四处游走，参观古迹名胜，览遍公园街道。什么博物馆、纪念馆、展览馆、图书馆、体育馆……这些地方都留下了他的足迹。而最令他印象深刻的地方，就是位于市中心的朝阳花园。那么一小块绿地上，有葱郁的古榕和好看的棕榈树，有各种名贵的花卉，更有各种民间艺人的即兴表演，有各种各样乐器的汇集。每次来到朝阳花园，都令他流连忘返，他被那里的艺术氛围深深吸引住了。后来，他就成了那里的常客，他也成了一名街头演奏家。

从街上买了电池和烧鸭回来，马达华只花了几分钟时间就把热水器弄好了。江元中满意地夸赞说：“哈哈，看来兰岚说你是万金油，真的是名副其实啊。什么都来得一点，都会一点，你这不是人家说的复合型人才嘛！”

“爸，大哥不说二哥，您也不要笑话我了，您以前不也是多才多艺，样样来得吗？我干过几年后勤，有时候半夜三更还要和修理工一起上门修这修那哩。大问题我解决不了，小问题还真的难不倒我。”

江元中听了，眉开眼笑地说：“好，有你我就放心养老了。这样吧，我先冲个凉，青菜我已经炒好了，你再炒个花生，把炖煲里的腊猪脚舀起来。”

黄豆炖猪脚，这是老岳父每周必吃一两次的菜，而黄豆炖腊猪脚，更是他的最爱。自从几年前江兰岚教会了他网购，他就不仅会网上拼购蔬果和日用品，还会搜寻一些乡下土特产，尤其是那些小时候吃过的稀奇货，包括腊猪脚熏腊肠小鱼仔之类。

冲完凉，江元中趿着拖鞋，穿上宽松的家居短裤和印有繁体“艺”字的文化衫，梳了个大背头，满面春风地走出来。看见马达华已经摆好了菜和碗筷，他笑眯眯地问：“你想喝什么酒？白的红的保健的都有。”

“您定。我喝什么酒都行。”马达华说。

“好，那我就请你喝一种新泡的瑶家重阳酒，用糯米酿的，我泡了一点宁夏黑枸杞，加了东北野人参，三十来度，应该很好喝的。”他说着走进储物间，喊道：“达华，你过来一下。”马达华应声跟进去，看见老人家正蹲在一个玻璃缸旁边，把一个漏斗插进酒壶嘴上，将一只酒提递给他说："你打酒。我们两个一人一提，怎么样?"

马达华掀开酒缸盖子，闻了闻后说："爸，您一提，我两提。"

一提相当于半斤酒。刚退休的时候，江元中能喝两提桂林三花，或是一提高度丹泉，现在他只能是一提重阳酒的量，毕竟岁月不饶人。而马达华不同，他曾经号称西塘"四大金刚"之一，唯一输给过一个外号叫"沙漠"的国交处副处长。据目睹那次比拼的人说，那天他们各喝了两瓶五十三度的三十年丹泉酒，结果是马达华吐了，"沙漠"没有吐。现在他主动提出喝两提低度的重阳酒，算是非常克制了。

然而，他们显然是低估了重阳酒的力度。翁婿两人刚喝到半，就都面红耳赤，说话声音越来越高亢起来。

"达华，喝了酒我就要摆古了。你听我讲，我那一年差点成军区张副政委的女婿了。哈哈。张副政委你不晓得吧，军区有两个老红军，一个是牛司令，一个是张副政委，1955年都是少将了。张副政委有五个女儿，人家说是五朵金花。"江元中用左手捋了一下大背头，右手拿起一块腊猪蹄，边啃边说："你不晓得，五朵金花的第四朵刚好就在我们文工团，她是跳舞的，身材脸蛋在文工团数一数二。你不晓得，那时候我吹笛子伴奏，她们跳《洗衣歌》，她是领舞的，那是藏族舞。她每一次扭身甩手摆头，都是那么美，我都感觉她是在瞄我。哎呀，来来来，喝一口。”

江元中沉浸在美妙的念想之中，马达华听得入神入迷。碰杯之后，马达华又问：“那后来呢？”

江元中忽然一愣：“后来？哪有什么后来。后来挨棒打鸳鸯了呗。唉。”

第三章

九点半回到家，马达华还是感觉头脑有些昏沉。他把文件袋往茶几上一撂，从冰箱里拿了一瓶矿泉水，拧开盖子就咕嘟咕嘟地往喉咙里灌。这是他惯用的解酒方法，有条件的时候，一边喝烈酒一边喝矿泉水，往往能够稀释体内酒精的浓度。如果当时没有条件，喝酒过后再喝冷水也能够舒缓酒的后劲。他的这一招是从父亲和祖父那里学来的。父亲和祖父当年赶马帮，早晚免不了要喝酒解乏，喝多了时往往捧几把清泉水喝下肚，之后就没什么事了。

听到动静，妻子江兰岚穿着睡衣抱着一只虎斑猫从主卧开门出来，踱到他跟前，面无表情地问：“哎，都修好了吗？”

他像是没听见她的话似的，继续仰起脖子把半瓶水喝下肚，然后啊地大声喘息一声，抬头瞥了她一眼，没好气地说：“搞不好我能回来吗？”

江兰岚说：“看来你又引诱我爸喝酒了。我跟你讲，老人喝酒不好的，你又不是不知道。”

“是他引诱我喝呢，不信你打电话问他。”他说。

“老马，你这是怂恿别人慢性自杀，明白吗？！”江兰岚说。

马达华忍不住笑了起来：“老婆，你的帽子越扣越大了。看来你们这些学者是越研究越糊涂了。老年人适量喝酒有助于血液循环，可以减少心脑血管病的发生。你看我祖父，九十几岁了还天天喝二两米酒，人家不是照样好好的。”

“我告诉你，你这是不讲科学，是愚昧无知。我警告你，以后不许再怂恿我爸喝酒了。”她怀里的猫似乎察觉到主人说话的语气不对，便喵地叫了一声。她赶忙抚着猫，柔声说：“陆虎没事，乖宝宝，我们不理酒鬼爸爸嘞，跟妈妈去里边凉快凉快嘞。”

马达华突然站起来拦住她说：“慢，我跟你说个事。”

“什么事啊，外面热死人了，快点说。”江兰岚催促说。

他略顿了一下，说：“既然你们怕热我就进去说吧。”

她急忙阻止道：“不行，你这样臭烘烘的，还臭酒。快点说什么事儿吧。”

“我……我下个月退休了。”他垂下头低声说。

“什么，你不是没到年龄吗？”

“是没到，不过人家巡视组发现我的档案里年龄有问题，出生年月不一样，有两个版本，一个是六〇年的，一个是五八年的。原来是我入团的时候把年龄填大了。”马达华说。

“你不会是挨处分了吧?”她又问。

他摇了摇头，表情凝重。

江兰岚愣怔片刻，突然表情古怪地指着他，哈哈大笑说:“骗子，机会主义者。活该。自食其果。咎由自取。哈哈，这回好了，我老爸有伴了。”

她说着扭身进了主卧，迅速地掩上房门。看着妻子的背影，他突然有一种想哭的感觉。不过当他再次坐下来之后，他又想起了刚才老岳父的一番话。刚才，他在老岳父家里收拾好饭桌，刚要离开时，老人家拍了拍他肩膀说:“达华，谢谢你今晚过来陪我喝酒。你听我讲，你退休不是什么坏事，退休了你就可以自由地支配你的时间，想去哪里就去哪里。只要不犯法，你该干什么就干什么。其实我们每个人都很渺小，就跟一只蚂蚁差不多。不要太在意什么功名利禄，也不要计较个人得失，一切顺其自然吧。”

顺其自然。说得太好了。

待情绪安定下来之后，他给梁英彦发了一条微信:“小梁好，打扰了。明天你没什么要紧事吧?若没事请你在工作群里通知一下，早上上班后我们开一个小时的全体会，讲一下工作。谢谢!”

不一会，梁英彦那边便有了反馈，回微信说:“马主席好，我明天没事。照办。”

看完微信，他觉得心里踏实了不少。一看手机快没电了，他赶紧进入卧室，打开床头落地灯和房间空调，把手机接上充电器，随后脱下 T 恤和长裤，拎进卫生间准备洗澡。

从搬进这套四房两厅的房子开始，马达华就和江兰岚分房分床睡了。主要原因是两个人的作息时间差异大，他上行政班，要早睡早起，按时上班。而她自从评上二级教授之后，课时愈来愈少，每周才有几节课，主要精力放在带研究生和搞科研上，所以自己支配的时间相对充裕一些。当然，不用她多说，他也觉得自己身上的毛病不少。比如打呼噜、臭汗，睡觉时爱磨牙、放屁、说梦话，躺下来看书……最令她难以容忍的是，他还经常三更半夜接听电话，尤其是节假日。还有一个令两人水火不容的原因，就是他喜欢睡硬床板，而她更爱睡席梦思。不知从什么时候起，某女同学送了一只猫给她养，使她迅速成为爱猫人士，给猫取名陆虎，卧室里还多了一个颇为豪华的猫屋。如此种种，夫妻俩自然是睡不到一张床上了。他们这套房子，共分为一个主卧、两个次卧、一个书房。他主动选择在书房安了一张一米五的实木床，还购置了书桌，装上了电脑。一个由两个书柜、床榻、写字桌、电脑组成的自由空间，让他感受到了温馨。余下的两个卧室虽然都安有床铺和书桌，但其实是象征性的，一间留给儿女，另一间名义上是留给双方的家人，但主要是留给岳父江元中，他什么时候想过来住了，他们随时欢迎。

想当初，他们刚结婚的时候，并没有属于自己的婚房。那时候，马达华和青年教师冯文科合住在一套旧的两室一厅里，江兰岚则住在城里的父母家，他们结婚以后她才搬来一起住。不久后，冯文科的妻子也从外地迁了过来，一套房里住着两家四口人，客厅厨房卫生间和阳台都是共用的。好在两家人平常都不怎么开伙，上班的日子都去饭堂用餐，节假日马达华都跟江兰岚去娘家蹭饭。这样的日子过了两三年后，两家人又都先后添了人口。先是马达华和江兰岚生了儿子马润生，冯文科夫妇也不甘示弱，生下了女儿冯莹颖。随着新生命的到来，原本相对安静的世界一下子变得热闹起来，逼仄的套房增加了尿布的腥臊味。

一番考量之后，江兰岚不得不率先撤离，搬回城里的娘家去住。外孙的到来，让外公江元中和外婆沈念初既高兴又犯愁。高兴的是女儿终于有了后代，这个外孙长得眉清目秀的，笑起来也十分可爱。愁的是外公外婆都还上班，没有谁能够整天来照料孩子。为难之际，马达华提出可以让自己母亲来带儿子，老家那边亲戚多，父亲和祖父的日常生活会有人照顾。尽管江兰岚并不喜欢乡下的家婆来带孩子，但似乎再没有别的更好的办法，只好有保留地同意了。请保姆是要花钱的，他们的收入还不够充裕，孩子的日常支出再加上保姆佣金他们确实应付不了。

马达华这大半生总共经历过五次搬家，从两户共住一套两室一厅开始，自然是越搬越大，直到现在住上这么宽敞的房子。略微遗憾的是，远在桂西北老家的祖父和父母，从未踏足过他的新家，更说不上能来住上几天了。

他边洗澡边想心事，眼下的当务之急，是如何顺利交班，把接力棒交出去，无论是谁接手，自己都要把事情做好。一旦交接不好，就有可能被人指着后脑勺说闲话，认为自己心胸狭隘小心眼，受不了一点委屈。交完接力棒，待过些天放暑假了，他就可以回一趟老家。

第二天早上，八点未到马达华就来到办公室。今天他并不像往常一样急于打开电脑，而是环顾四周，目测一下应该搬走哪些东西，哪些物品应该留下。所幸的是，他发现除了文件柜里那两三捆书之外，就是抽屉里还有些印章纪念品之类的杂物需要搬走。此外，一幅挂在沙发上的字也进入了拆走的清单。这幅老校长覃大果送的字一直是他的座右铭，“谨言慎行”四个毛笔字虽然说不上很好，但笔势苍遒有力，韵味十足，这幅字一定要带走。覃大果不仅是他的恩师，更是贵人。若不是覃大果的赏识，他有可能只是家乡某个中学的语文教师。看见这幅字，他同时也意识到有一段时间没去看望恩师了，心想得争取尽快安排一次。

八点整，同事们陆续进入专属于校工会使用的会议室。马达华没有像往常那样带热水杯，手上只拿了一本笔记本和一支笔，径直坐到他平时坐的位子上。梁英彦习惯性地坐到他旁边。他晓得，或许这就是他最后一次跟大家坐在一起开会议事了。

办公室主任小徐抬起头看了一圈，对马达华点头示意说："马主席，都到了。"

马达华点头说："好吧，各位，今早我们临时开个会，主要是检查一下，下学期教代会工代会会议材料准备的情况，然后再说点别的事。大家都晓得，再过一周左右，学校将全面放暑假，进入假期模式。我们的会议材料准备得怎么样，将直接影响到会议的质量。因此，作为主要办会的部门，如何把会议材料准备得好上加好，让学校领导满意，让代表们满意，这是我们的神圣职责和光荣任务。下面，请各位都说一说。英彦，你先来吧。小徐做好记录。"

无论在哪个部门工作，马达华十分注重工作效率和进度，类似这样的会每周都会开一次，一般都是周一开，但今天是周三，不前不后，因而大家都只是寥寥数语就把要说的事都说完了。最后轮到马达华说了，他环顾大家一遍后，以赞赏的语气说："看来大家都干得不错，这下我也放心了。我也要向大家看齐，争取这一周拿出工作报告初稿。"

他略停顿了一下，又加重语气说：“各位同事，至于其他工作嘛，大家继续按部就班，努力工作，争取在放假之前做实做好，不要拖后腿。”

梁英彦似乎听出了一点弦外之音，忍不住扭头看了一眼，她忽然发觉马达华说话有些语无伦次，表情也变得有些凝重。

“各位同事，我老马到工会工作已经五年多时间，一届半了，大家对我都很支持，很包容，在这里我谢谢大家。在这段时间里，如果我对大家有什么伤害，有什么冒犯，就请大家多多谅解……”

“马主席，今天不是民主生活会，您说这些干吗？”梁英彦赶忙插话。

马达华瞥了她一眼，脸上挤出一丝笑意：“英彦，你先听我说完。是这样，有一件事我不能瞒住大家了。昨天下午学校已经找我谈话，通知我下个月退休，文件可能这两天就下了。”

他的话顿时让会议室的气氛凝固了，寂静片刻，小徐突然大声叫道：“马主席，不会是搞错了吧？您不是1960年8月出生的吗，还有两年呢！”

梁英彦也瞪大眼睛说：“是啊，马主席，您一直都是这个年份的呀，您应该干到届满的。”

“你们说的没错，问题是我以前填错过出生日期。没什么，迟早会有这一天的。谢谢大家！”他率先站起来，朝大家连连抱拳作揖，然后扭头低声说，“英彦，一会你去我办公室一下。”

对于工会的其他人来说，马达华刚才的一番话像是放了一阵鞭炮，安静片刻之后便又嘈杂起来。

梁英彦掩饰不住失落的神情，跟在马达华身后出了会议室门口。她先是走到走廊尽头的卫生间，拧开水龙头，用冷水洗了一把脸，然后用纸巾慢慢擦去脸上的水迹，努力让自己的心情平静下来。作为副手，她一直觉得马达华不仅是称职的一把手，更是合格的师父和兄长。从他身上她看到了一个领头人的素质，也学到了不少宝贵的工作经验。更让她钦佩的是，马达华的文字水平很高，许多关键的文字材料都是他亲手撰写的，亲力亲为，不让别人代劳操心。

梁英彦刚进门，便随手将门掩上，站到办公桌前，满脸疑惑地追问道：“马主席，难道您就不能跟组织说明自己是什么时候出生的吗？”

马达华苦涩地笑了笑，指着沙发说：“你坐下吧。这个事完全是我年少无知，是我自己的错，不怪组织。不提了好吗？”

她依旧嘟哝着：“我就觉得您肯定是受了委屈，特别替您打抱不平。您说您还这么年富力强，说退休了就退了，这也太可惜了吧。”

“英彦，我终于想通了。其实组织这样做对每个人都是公平的。有些人仗着掌握权力，或者有管理人事档案的便利，为了个人利益擅自更改年龄。这不仅是个人品质问题、诚信问题，而且扰乱了人事纪律，造成不良影响。”马达华说。

梁英彦忧心忡忡地说：“马主席，您现在就这么退了我怎么办呀？新领导不会马上到位，下学期教代会工代会的筹备工作不能没有人定夺呀。要不，我们给学校打报告，争取延迟到下学期开会了再下文。”

“不行，不可以这样。纪律就是纪律，这是党性原则问题。”马达华说，“英彦，我叫你过来，就是说一下交接的事情，我们要作多种打算。第一种情况，学校在免我的同时，也任命新的接替人选；第二种情况，可能让你临时主持工作，暂时不配新的领导，等到下学期开会补选。不管是哪一种，你都是目前岗位上的负责人。我退下来了，没有谁比你更了解工会这个单位、了解这个工会工作，这是不容置疑的。”

梁英彦不由得点点头。

“英彦，现实的情况是，一旦下文了，我就必须离开岗位，不再管事了。新的领导到位与不到位，你都要把会议筹备工作这副重担扛起来，你不能撂担子啵。”马达华说。

“那……要是我遇到什么问题解决不了，我可是还要打扰您的啊！”梁英彦说。

“小问题可以商量，大问题你必须找杨主席，他是主管领导。”

梁英彦顿时感觉轻松了许多，站起身，凑到他跟前，压低声说：“马主席，有个事，是我临时起意的，我建议这两天晚上，若大家方便我们一起吃个饭，AA 制。您不反对吧？”

马达华略为犹豫，又微笑说：“嗯，先拟同意。不过不用 AA 制，我退休了我该请客。”

第四章

老校长覃大果住在学校靠近湖边的一个小半岛上。这里共有三栋建筑，呈“品”字状排开。每栋有三层，每层三户，户均一百四十平方米，号称校长楼，二十世纪八九十年代历任学校领导几乎都住在这里。

马达华刚入学的时候，覃大果还只是中文系的副书记，同时也是研究民间文学理论的教授。由于刚刚恢复高考制度，那时候的大学生可谓是奇缺人才，号称天之骄子。马达华小时候就爱听祖父讲古，尤其是讲壮族创世神布洛陀，加上祖父善于添油加醋，每次他都听得津津有味，渐渐烂熟于心。来到大学的课堂，当他第一次听覃大果教授讲“民间文学概论”时，他就被他渊博的知识和标准的普通话所吸引。后来马达华才知晓，覃大果早年毕业于中央民族学院，曾经多次到北师大聆听民间文学泰斗、《民间文学概论》作者钟敬文教授的课。作为一名来自红水河畔都安的壮族人，覃大果的汉语功底令马达华和众多同学折服。

有一次，覃大果在课堂上讲到了创世史诗和英雄史诗的异同，以《格萨尔王传》为例。下课后，马达华在教室里拦住了他，阐明了自己对壮族《布洛陀经诗》的看法。他认为，学界只界定《布洛陀经诗》为创世史诗是有偏颇的，它更具有英雄史诗的特征，应该重新定论。尽管当时覃大果对马达华的问题没有表态，但他明白，眼前这个大山里来的学生不一般，于是从此便对他刮目相看。不仅平时让他帮忙查阅整理资料，有时候去参加相关会议也会带上他，他俨然是一个助理。

他记得，那时候的覃大果是系里分管学生毕业分配的领导。为了争夺人才，老家县里早早就给学校写信，呼吁学校照顾到县里人才匮乏、缺少师资力量的实际情况，强烈希望应届毕业生能够都回到老家去，把青春和热血献给“老、少、边、山、穷”地区人民。于是，学校在原则上是要正视县里要求的，像马达华这样的毕业生是应该从哪里来回哪里去的。然而，由于覃大果的努力，马达华不仅没被分回县里，而且还留在了中文系，担任团总支副书记兼辅导员。面对别人的质疑，覃大果理直气壮地说：“马达华的毕业论文是研究布洛陀的，他回县里有用武之地吗?”

因了这层关系，马达华就成了覃大果的得意门生，时常得到恩师的眷顾。后来覃大果当上学校领导甚至校长，他也跟着一步一步走到现在，可以说还算是顺风顺水。

周末下午，马达华提着一小件豆腐酿和两斤塘角鱼，来到靠近湖边的校长楼，敲开了覃大果的房门。

开门的是一个他没有见过的中年妇女，她上身穿着白色文化衫，下边是齐膝的黑裙，戴着眼镜，肤色白净。把他迎进门的同时，她朝里边喊了一声："大果，来客啦！"

中年妇女一口字正腔圆的普通话，令他不由得又看了她一眼。然后，他径自把东西拎进厨房，将豆腐酿搁在灶台上，把塘角鱼倒进盆里。随后跟进来的覃大果满脸笑容，大声嚷道："好啊，好啊，又有塘角鱼吃了。高老师，来，来，来，介绍一下，这是马达华，我的学生，学校工会主席。达华，这位是高老师，吉林长春的，你就先叫她高老师吧，人家可是高中的特级教师，相当于四级教授。"

马达华哦哦两声，搓搓手，向高老师伸过去握了握，他顿时感受到了东北女人的温润。"幸会，幸会。"

覃大果继续说："既然达华来了，我们今晚就小喝两杯。高老师，一会麻烦你先煮饭，然后煮一个你们的东北乱炖，把你带来的哈尔滨肉肠和俄罗斯鱼子酱拿出来，加上达华的塘角鱼，我们好好吃一顿。"

马达华赶忙指着灶台说："老师，还有您老家那边的豆腐酿哩。"

"啊哟，还是达华了解我啊，那可是我的最爱呀。"覃大果夸张地张开双手说。

说着覃大果又抬腕看了一下手表，说：“这样，我看时间还早，达华你就劳烦一下，跟我去一趟青山，我哥中午来电话说，让我给他送一副老花镜过去，原来那副摔坏了。哎呀，我久不开车了，路还有点远，你来了就是现成的老司机了。高老师，你就先弄你会弄的，塘角鱼一会让达华回来再弄。我们大约一个半小时能回来。”

“好嘞，你们就放心去吧。快去快回。”高老师愉快地说。

马达华想要回家取车，覃大果却坚持要开他的奥迪Q5，拗不过，他只好接过车钥匙，率先钻进车里。尽管平时很少用车，但是Q5车里车外都打理得干干净净，一尘不染。他不禁从心里暗暗佩服老师的生活态度，怪不得他到这般年纪了还有女人缘。

他晓得覃大果要去的是个什么样的地方，那是一家养老院，那里住着他的兄长。以前马达华曾经陪同覃大果去过几次，因而不需要导航。

两人刚出校门，覃大果的话匣子就打开了：“达华，你觉得高老师如何？”

“人不错呀，和您很般配的。”马达华说，“她好像只有五十来岁吧？”

“没错，她今年五十五，准备退休了。”覃大果说，“我们怎么认识的呢，是大伟介绍的。他手下有一个姓王的副秘书长老家是东北长春的，有一次闲聊说他有个小姨，丈夫去世几年了，想退休后到南方来养老，王秘书长他老娘也跟他在南宁生活，姐妹俩好有个照应。他请大伟帮留意一下，有没有合适的对象，于是大伟就想到了我。其实我听大伟说了以后，心里也有点打鼓，就是不够自信吧。”

覃大果说的大伟是区政府的副主席，姓韦，比马达华低三个年级，是不折不扣的师弟。覃大果当了几十年大学老师，可谓是桃李满天下，不过他的学生中官当得最大的还是韦大伟。马达华和其他同窗都晓得，在很多不同的场合，他们的老师都经常有意无意提到韦大伟的名字，除了师生情谊，其实老师还有别的用意。

“我想啊，我今年七十九，人家才五十五，大了人家那么多岁。哎呀，不瞒你说，以前我一直很鄙视老牛吃嫩草那种婚姻，我还骂过人家杨教授呢。想不到这回轮到自己面对了，心里还是有些不安，有些忐忑。不过见了面之后，也许我显得比实际年龄年轻吧，她居然说我不老，头发浓密，脸上的皱纹也不明显，而且我说话她觉得顺耳。这样子，她前几天刚跟我过来，就留下来了。嘿嘿，太意外了。”覃大果不由得呵呵笑起来。

马达华也差点笑出声来，不过嘴上却说：“老师，这就是缘分啊。您要勇敢点，没关系的，我们支持您。”

“说实在的，达华，要是你师母还在，我连做梦都不敢想还会对别的女人有想法。不过你想啊，你师母瘫痪在床六年多，基本上是我一个人照料，屎屎尿尿的，我容易嘛!”覃大果说。

“老师，师母也走两年多了，您一个人过日子也挺难的。只要您认为合适，对方觉得合适，你们就一起过。不要在乎别人说什么，也没必要看别人脸色行事。”马达华说。

“不过，这两天我们也聊透了，俗话说，打开天窗说亮话。我们两个都认为，能住到一起生活就 OK 了，不需要领什么证，那东西只是个形式而已。我们说好了，她退休以后就过来跟我住，她那边的房也不用卖，以后天气热了我们就去长春住，到长白山去避暑多浪漫啊。”覃大果说。

“是啊，老师，现在候鸟型养老很时髦的，以后我也可以陪你们去东北玩嘛，我还没去过东北呢。”马达华说。

“好，就这么定了。”覃大果继续说，“这个事，我还没跟儿子和女儿说，儿子又去东盟了，不晓得什么时候才回来。女儿在医院忙得够呛，哪里有时间管我哩。”

“没关系，覃南和覃宁都那么忙，他们哪里顾得上您呢。您就放心吧，他们会理解您、支持您的。”马达华说。

说话间，他们已经来到青山脚下，进了夕阳红康养中心的大门。他们在楼下的商店买了五斤红富士苹果和一箱水牛奶，乘电梯上到三楼，在走廊尽头敲响了一间房门。

不一会，一个长相极似覃大果的老头儿打开了门，把二人迎了进去。马达华晓得，他就是覃大果的兄长覃大毛。

覃大毛忽然一把抱住覃大果，满眼泪花地说："老弟啊，哥太想你了。"

覃大果用手拍了拍他的后背："哥，你一个电话我不是来了吗？别这样，会伤身的。"

说着他从裤袋里掏出一个眼镜盒，递给覃大毛说："喏，大哥，这个是你要的老花眼镜，二百五十度的，应该适合你。"

覃大毛把眼镜盒放在床头柜上，转身从冰箱里拿出两瓶纯净水，一瓶递给覃大果，一瓶递给马达华，喉咙沙哑地对覃大果说："老弟啊，其实我的眼镜没烂，我只不过想见你一面而已。从春节到现在，没有一个亲戚来看我一眼，你不晓得我多想你们啊。想出去找你，那帮保安硬是不给出门。这两晚，我老是梦见我们老爸老妈，他们一会吵嘴，一会一起下地薅苞谷。"

覃大果坐到兄长对面的椅子上，愧疚地说："嗨，我本来可以经常来看望你的，这个学期他们新申报了一个博士点，硬把我拉进去，让我去把把关，撑点门面，我也不敢不经常去看啊。他们还让我兼了个关工委副主任的闲职，久不时还要给孩子们作报告呢。"

"再忙你也不能忘了你老哥呀！"覃大毛掰手指头说，

“我每天起床，做早操，刷牙洗脸，蹲厕所，吃早餐，看电视或者看手机，吃午餐，午休，散散步，吃晚餐，再看电视，就睡大觉了。日复一日，周而复始。哎哟哟，就跟坐牢差不多了。”

“哥，你这里条件已经很不错了，比别的养老院强多了。你看你一个人住单间，有空调，有电视冰箱，有卫生间，还有保健医护，有保洁，有各种配餐。你看看，后面这几项我都享受不到，你现在条件已经是很好了。”覃大果说，“这么好的条件你都住不惯，那你还想怎么样呢?”

“我想，我想，是不是回我们都安老家去，跟……跟我们老妹一起住，死也一起死。”覃大毛吞吞吐吐地说。

“得了吧，阿妹风湿病那么厉害，行动都不方便，她儿女都还头疼哩，她能照顾你吗?”覃大果正色道，“哥啊，你千万莫身在福中不知福，莫要东想西想了。你如果再胡思乱想，我就让我大侄仔接你去旧金山，或者让你去二侄仔那里。”

“不，不，不。得了，得了。”覃大毛连连摇头摆手，“打死我都不愿意去美帝国主义那里，寄人篱下，做二等公民。我也不愿去澳洲那种鬼地方，我哪里也不去。”

覃大果脸上掠过一丝狡黠，忽然又和颜悦色地说：“哥啊，你这么想就好了。当初，来这里是你自己选择的，这里条件这么好，你还是安安心心住下来吧，既来之则安之。

好吧，从现在开始，我争取每个月来看望你一回，每天跟你微信视频一次。可以吗?”

覃大毛突然怪笑一声说：“可以是可以，就是，我怕你做不到呢。”

“哥啊，我保证做到。达华，你监督我。”覃大果说。

马达华立刻表态：“好，我当司机。”

覃大毛还是一脸疑惑的样子，埋怨说：“我那两个卵仔，原来也说要经常跟我视频，现在呢，几个月都没有一次。”

“哥，你放心吧。他们是他们，我是我，我是你亲老弟。”覃大果说着站起来，“哥啊，你看你还需要什么？要不要弄点酒，下次我带来给你。”

覃大毛撇嘴说：“医生说，可以允许我每天喝一两这样，不让我喝多，后来我就干脆戒他娘的了。”

“不喝也罢。那，我们先回去了。”覃大果说。

覃大毛坚持送他们下楼，马达华有意加快步子先赶到电梯口，让兄弟俩在后面边走边聊。在走廊上，每看到开门的房间，覃大毛都有意停一下脚步，大声地向熟悉的老人介绍覃大果，显然是有意让大家都知晓，他弟弟来看望他了。马达华觉得，和上次来看他相比，覃大毛的身体似乎佝偻了不少。

第五章

两个人坐回到车上，马达华启动 Q5，SUV 无声地滑出了康养中心大门。坐在副驾驶座位上的覃大果忽然变得像个哑巴，一路沉默不语。

他以为覃大果在闭目养神，忍不住瞟了他一眼，发觉他正睁大眼睛，目光注视着前方，似乎在想什么心事。

马达华晓得，覃大果是在想覃大毛的事，他不想打扰他，于是默默地按来时的路右拐了两个路口，上了北快环。

很多年以前他就听覃大果说有一个老革命父亲，当年参加过百色起义。后来他父亲因为眼部受伤没有随大部队转移北上，留下来参加了党的地下组织，解放后又担任了家乡的首任县长，“文化大革命”时有人诬陷他父亲是叛徒，结果父亲惨遭批斗致死。他母亲是一个只字不识的农妇，含辛茹苦地把兄弟俩和妹妹抚养成人，然而没享几天清福就随父亲走了。兄长覃大毛早年考上当年的桂西师范，毕业后一直当中学老师，直至退休。妹妹没有念书的机会，嫁给村里的一个渔夫，天天在红水河上打鱼捞虾，养家糊口。

覃大毛虽说只是一个中学老师，但却生养了两个博士儿子，这是他一生的骄傲。大儿子国内某大学毕业后留学美国读博，后来就到了加利福尼亚大都会区旧金山南面的硅谷，成了一名半导体材料科学家。二儿子因为得到有钱岳父的器重，举家移民到了澳大利亚的悉尼，在悉尼大学医学院硕博连读，现在是当地一名小有名气的生物制药专家。然而，两个儿子因为相距遥远，一家人很难相聚一次，更不要说逢年过节见上一面。几年前，覃大毛的妻子突发脑梗，在医院等了十多天，两个儿子都没能回来见上一面。从那以后，覃大毛就心如死灰，不再对儿子们有什么指望了。他一个人孤苦伶仃住了几年，后来在覃大果的推动之下，干脆卖掉房子，住到养老院来了。

“七十三，八十四……哎，后面那句怎么说了？”覃大果忽然开口问道。

“阎王不叫自己去。哎哟，老师，您什么意思啊？”马达华接口说。

“我哥他今年八十三岁了，我是有点担忧啊。你看他一会哭一会笑的，多么脆弱啊。”覃大果长吸了一口气。

“我觉得师伯他主要是心态问题，要是调理好了应该能活到九十岁以上。”马达华说。

“要是我那两个王八蛋侄仔，有一个能够留在他身边，他也不至于这样。”覃大果忽然用手拍了一下仪表台，爆粗口说。

马达华见他发火，立刻劝道：“老师息怒，师伯他不是还有您吗？”

“不说我哥了。嗨，你看看，我们再叫一两个老中文系的过来，一起喝点小酒怎么样？”覃大果忽然兴致盎然地说。

“好啊，叫谁老师您定，一会到了我打电话。”马达华说。

覃大果立马掏出手机：“我现在就打，先打你们班的李文才。”他在联系人里翻找了一会，就亮嗓子说：“哎，李文才李书记，哈哈，是我，是我。放假了吧？哦，放了是吧。你今晚有空没有？我们一起聚一下，达华也在。哦哦，要送孙子去学书法呀。噢噢，让别人送不行吗？不行是吧。行，那改天再说。”

“嗨，文学院李书记，没退休就变成了‘孙管干部’。要是过两年退了呢，那管的事岂不更多？难呀！”覃大果自言自语地说。

马达华不插嘴，只是嘻嘻地笑。

覃大果打开手机免提模式，把手机凑近嘴边。嘟嘟几声，对方接听了。“老校长您好！”

“你好，你好！春海啊，你不是说那个老字不行吗？哈哈，怎么样，晚上有空没有，来我这里小酌一下？噢噢，刚安假牙是吧，还要保养一段时间？行，行，那等你牙齿好了再说。”挂掉电话，覃大果摇头苦笑说，“这个郭春海，他不是刚退几年吗，牙齿也报废了。”

马达华说：“老师，您试打给冯文科看看。”

“噢，对，冯文科，事不过三哈。”覃大果又拨通电话，“冯大教授，你好，你好。哈哈，我以为你记不住我电话号码了，哈哈，没有就好。也没什么事，就是想请你今晚过来叙叙旧，不晓得你有没有时间？有是吧，那好，那好。六点半到我家啊。好好，一会见。”

他说完把手机放入口袋，舒了一口气，感慨地说：“打了三个得一个，不打了，不打了。哎呀，打电话也很累人的。这个李文才，孙子比我还重要吗？当初我不点头他能留校吗？不留校他现在能当文学院书记吗？达华，有些人我真的是不好说他们什么了。”

“老师，李文才他人品应该没太大问题，主要还是‘妻管严’问题。”马达华哈哈大笑，“老师，郑立宗怎么样？”

“没问题啊，你叫他。”覃大果说。

晚上六点半，冯文科和郑立宗如约而至。冯文科一只手拎着一个塑料袋，一个放在茶几上，一个拎进厨房，轻描淡写地说：“好久不来看校长了，带了两本新出的书，还有半只柠檬鸭和一小罐泥螺。”

郑立宗手里拎着两瓶酒，放到墙角。

覃大果边假意埋怨两人买菜带酒过来，边把高老师介绍给他们。冯文科第一反应便是双手作揖，连连说：“恭喜，恭喜。我们校长真是慧眼识珠啊！”

郑立宗也连连点头说：“高老师好，高老师好。”

高老师面色羞赧地用围裙搓着手，脸上泛起一抹红晕。覃大果佯装表情平和地催促说：“上桌，上桌。哎，达华你去酒柜拿酒来。先来两瓶老茅吧。”

马达华推开储物间的门，发现酒柜旁边多了几个未拆开包装的纸箱，有红酒，有茅台，有五粮液，还有本地丹泉酒。他熟门熟路地走到两个酒柜跟前，透过玻璃扫视了一遍各种设计精美的洋酒瓶子，最后蹲下来打开下面的实木门，拣选了两瓶包装纸有些发黄的茅台酒，又把木门关上。

他拎着酒瓶回到餐厅，大声嚷道：“老师，我几个月不来，您又收藏不少好酒了。冯教授，郑处，我们今晚有口福了，这是老师的藏酒，好像是2000年左右的。”

“你们记得九〇级那个陆永青吧？前几个月校庆的时候，他一定要送我一件茅台一件五粮液，我不收都不行。他现在发财了，在深圳开了一家软件公司，自己当董事长，一年能赚几千万呢。”覃大果说。

“何止记得！当年的挂科大王，我都帮他擦了几次屁股了。哎呀，真是士别三日，当刮目相看啊！”冯文科感叹道。

覃大果说：“对，人不可貌相。达华、冯教授、立宗，以后只要你们常来，我这里有的是酒，管够。再说了，我一个老头哪里喝得那么多哩，平时我一个人我滴酒不沾。哎呀，当老师就这点好，学生多，他们晓得我好这口，时不时会给我送点酒。当然，他们也不会给我送钱，送钱我也不要，不需要。哈哈。”

马达华听得出来，覃大果的话，有一半是说给高老师听的，其实他是在夸赞自己的人脉呢。趁马达华开酒的工夫，冯文科也把一罐泥螺掀开了，倒在一个瓷碗里。

“这是什么呀？”高老师好奇地盯着碗里的泥螺问。

“这个是我老家那边的特产，泥螺。江浙人和上海人特别爱吃。”冯文科有些特意地用老家口音说。

“哎呀，那我真的是有口福了。”高老师高兴地说。

看见马达华斟好了酒，覃大果站了起来，亮起嗓门说：“这样，今晚非常高兴，非常欢迎远道而来的高老师，欢迎冯教授，欢迎立宗和达华。今晚算是我们AA制，桌上有高老师带的血肠和鱼子酱，有冯教授的泥螺和柠檬鸭，有达华的豆腐酿和塘角鱼，我和立宗呢就只能出点酒了。唉，乡愁是什么？乡愁是一种味道，乡愁就是一杯酒。来，请拿起酒杯，为了缘分，为了相聚，干杯!”

五个人一起碰杯，都仰起脖子，将酒送进嘴里。瞬间，四个男人都喝了个杯底朝天。而高老师却忙着用手捂住嘴，皱起眉头，憋了一会才将酒咽下喉咙，随即苦着脸叫道：“哎哟妈呀，这个酒老辣了，还有点酸。以前我喝的北大荒咋没这么辣呢。”

覃大果怜香惜玉地看着她，关切地说：“你立马喝两口白开水，一会就好了。你可能是第一次喝酱香酒吧，下次你抿一点点就行了。坐坐，你们都坐下来吧。吃菜，吃菜。”

覃大果刚坐下，就夹起一个豆腐酿放到高老师的碗里，动情地说：“高老师，这是我老家都安菜，我们那边叫作豆腐圆，以前我妈经常做给我们吃。难得达华今天带过来，你尝尝看。”

“老师，这其实是我老岳父在网上买的，他买多了吃不完，就送给我们了。我也觉得好吃，可是江兰岚她不吃，说有猪潲的味道。”马达华说。

“来，来，来，你们也动手。网上有卖，我以后也要学习如何网购，想吃自己买。”覃大果说着夹起一个豆腐酿，送到嘴边，狠狠地咬了一口。

“嗯，好吃。咋整的啊，把馅放在里边，外边咋就没留个缝呢。哎，大果，馅里应该有猪肉，有木耳，还有什么呢?”高老师边嘴里咀嚼着边好奇地问。

“有马蹄，还有炸猪皮或者油渣，这个才是豆腐酿的灵魂。”覃大果得意地说。

高老师有些忧心地说：“妈呀，那不会肥人吧？”

“不会，你放心吃吧。”覃大果说着替她杯里斟上酒，把杯举到她跟前，“来，为了我们的缘分，我先敬你一杯。你就喝一点点得了。”

看见覃大果和高老师含情脉脉地喝完酒，冯文科立马给两人杯上倒满酒，又朝马达华和郑立宗使了个眼色，大声说：“马主席，郑处长，我们一起敬校长和高老师一杯。祝你们幸福安康。”

马达华赶忙站起来，拿起杯，接着说：“花好月圆，幸福美满。”

“祝贺，祝贺。”郑立宗说。

五个人又站起来，把酒杯碰到一起。覃大果乐呵呵地说：“一切随缘，一切随缘。谢谢三位。”

酒足饭饱之后，马达华和冯文科、郑立宗告别了覃大果和高老师，离开了校长楼。看着喜形于色的恩师站在楼前不停地挥手，马达华心中不由得生出许多感慨。他暗暗地祝福恩师这回能够得到真爱，收获一个幸福的晚年。

马达华记得，覃大果退休没几年，师母便被诊断出罹患子宫癌，她感到十分恐惧，更害怕死在医院里，吵闹着死活要回家。覃大果拗不过她，只好把她接回家悉心照料。

半年多之后，师母的病情奇迹般地出现了好转。高兴之余，覃大果因为太疲惫也病倒了。无奈之下，一双儿女只好张罗给二老请一个保姆兼护工，分担一些家务。好在女儿在医院认识一些护工，很快就找到了一名附近郊县的中年妇女，女护工很快就搬过来同吃同住。不料才过了几天，女护工就和女主人发生了冲突。原因是她一有空闲就往老家打电话，她说的本地话女主人一句都听不懂，于是女主人就很生气，便向女护工表达了不满。女护工因此感到很委屈，她解释说她是在遥控家里的丈夫，教他如何给家里养的几头猪吃药治病，并没有别的意思。女主人听了还是有些气不顺，便对女护工恶语相向。其实，女护工在护理照顾病人方面相当专业，覃大果也相当满意，不承想病重的妻子竟如此挑剔，他也只好不停地安慰双方，希望能够息事宁人。然而，事情并不是他所能够完全掌控得了的，磕磕碰碰半个多月之后，女主人的怒火终于再次爆发。这次的原因很让覃大果哭笑不得，原来是女护工不仅帮他洗了内衣内裤，还把他的衣物和自己的衣物晾晒在一根铁线上，从而引起了女主人的不满和谩骂。女护工也是有脾气的，她不再听男主人的挽留，当天就收拾东西走人。此后，覃大果的女儿又找来了几个护工，但都被妻子气跑了。后来妻子干脆不再接受别的保姆和护工，一心一意让覃大果一个人服侍，直至五年多后师母撒手向西。有一次，马达华夫妇去探望师母，并试图说服她同意再请新的保姆。不料她竟然毫不掩饰地说：“小马啊，你们不懂得，你覃老师在外面风光那么多年，都是我一个人默默侍候他，帮他带孩子，帮他做饭菜，帮他洗衣服，那时候说他是‘衣来伸手，饭来张口’也不过分。现在他得闲了，我生病了，这回也该轮到他照顾我了。”这就是当年和老师恩恩爱爱的图书馆副馆长师母吗？马达华顿时惊愕得无言以对。

“哎，马主席，你在想什么呢？没喝多吧。”冯文科见他沉默不语，便关切地问。

马达华终于回过神来：“没想什么。教授，你女儿博士后应该毕业了吧？”

“都毕业三年了，在北京安了家，生了孩子。这不，我老婆一放假就跑去带外孙了，我成了孤家寡人。唉。”冯文科言语里透出些许无奈。

“这么说，等你退休了也要去做北京人了？”马达华说。

“现在还不好说，女婿那边家底比较薄，买房子主要是我们给钱。房子才九十平方米，我们去了怎么住？所以，大概率是在这里养老了。”冯文科说。

第六章

周一上午，马达华通过校内网上办公系统把校两会的报告草稿传给了梁英彦，就开始动手清理电脑。昨天晚上，他悄悄把车开到办公楼旁边，已经把属于自己的物件都搬上了车尾箱。等清理完电脑，再把墙上那幅字取下来，他就可以交钥匙走人了。

上周五晚上，他已经请了告别宴，单位八个人花了差不多八百块钱喝啤酒，大家都喝得挺尽兴，每个人都喝得有点飘。他一个一个地敬酒，然后又一个一个地接受大家敬酒。每个人都说了许多难分难舍的话，甚至有些还很煽情。话到深处，办公室主任小徐竟主动要求他熊抱一下，后面的女同事见状，也跟着提出要抱抱，吓得他赶紧拒绝，说有小徐代表就行了，再抱就违反纪律了。不曾料到，当他转了一圈回到座位上时，梁英彦又提起酒杯，要求和他喝交杯酒。想想这几年和梁英彦的友谊，他便不敢拒绝，用右手端起酒杯，挽住她拿酒杯的右手，两人目视对方，一饮而尽。顿时，包厢里响起了热烈的掌声。

不管怎么说，作为职业生涯的最后一站，马达华觉得，自己在工会常务副主席的位置上是称职的，虽说没有耀眼的业绩，但也没有什么大的遗憾和失误，他对得起自己，也离开得心安理得。

忽然，文件袋里的手机响起了马骨胡《壮乡春早》的旋律，他掏出来一看，原来是儿子马润生打来的。儿子说："老爸，我们周六回家吃晚饭您出门了。首先祝贺您光荣退休哈，妈说您还有点失落，我觉得早退早好，干那么多有什么用呀。"

马达华说："润生，你一个公务员这样说话不合适吧，什么思想境界啊。说吧，有什么急事吗？"

儿子说："也没什么急事，就是，您不是准备要领一笔住房公积金了吗？您一定要留给我，我想买的别墅还差三四十万。我粗算了一下，您的公积金应该有个三四十万，您就支持儿子一下吧。"

马达华听着有些恼火了，斥责说："你莫要老是想着别人口袋里的钱。你年纪轻轻的住什么别墅呢？"

"哎呀，老爸，我这不是未雨绸缪吗，有个宽一些的房子，以后您和妈可以搬过来一起住，不好吗？"儿子央求道，"老爸，妈已经答应给我五十万，我卖现在住的这套房子能得两百万，您再支援三四十万就基本够了。"

“不行，这个钱我另有用处。你还是老老实实住现在这套房吧，等你以后有钱了再买你的别墅，不要整天想享乐主义那些东西。我挂了啊。”马达华未等儿子说话就掐断了电话。

这个马润生，他结婚时马达华和江兰岚就已经帮他付了一套一百二十平方米房子的首付。后来又嚷嚷买车，包括老岳父一起，他们又给他凑了二十万。现在又要想换别墅了，现在的年轻人不晓得怎么想的，刚三十岁就跟父母要这要那。让他略感欣慰的是，女儿马爱平不仅已经在市电信公司干到了中层，年薪和她母亲不相上下，去年春节，还给全家每人买了一部华为手机，用上了最便宜的流量套餐。

他刚想把手机塞进文件袋，不料它又响了起来。他一看是老父亲用微信视频打过来的，赶忙换了笑脸，语气和蔼地说：“爹，爹，看见了，看见了，您讲，您讲，我在听，我在听。”

电话那头马世龙说：“达华，你现在还忙不忙？寨上去读书的大中专学生都回来了，你也该放假了吧？”

“爹，我们也准备放假了，行政人员和学生不一样，要晚几天哩。”马达华说。

“噢，我晓得了。你放假了赶紧回来，家里有点事跟你商量，阿公也天天喃你。”接着画面晃动了几下，马世龙把手机伸到马成虎跟前，马成虎眯缝着眼，用手揉了揉双眼，似乎是认出了孙子，忽然一字一顿地大声说："老二，回家，给阿公买多多泡面回来。"

马达华赶忙对着手机使劲点头。马成虎跷起大拇指，满是皱纹和老年斑的脸瞬间灿烂起来。他晓得阿公特别喜欢吃泡面，一日三餐，其中有一餐必须是吃泡面。而且阿公还认为，泡面有类似洋烟的味道，吃来吃去就吃上瘾了。

马达华接完两个电话，电脑也备份清理完毕。他脱下鞋子，小心翼翼地踩上沙发靠背，这时梁英彦进来了。

"马主席，您这是干什么呀？"梁英彦有些惊诧。

马达华说："我要把这幅字取下来，不能留在这里。"

"您送给我吧，我那边什么都没有，墙上光溜溜的，感觉没什么文化。"梁英彦说。

"不行。这是老校长送给我的，上面有我的名字，怎么能给你呢？"马达华边说边解开一边挂绳，"你想要，我下次带你去老校长家，让他给你写一幅。"

"不，我就要这一幅。"她忽然变得有些固执。

马达华默默地揭下字卷，放到办公桌上，小心地用鸡毛掸子掸去灰尘，又把它卷起，用橡皮筋套在两头，双手递给梁英彦，说："那就转送给你吧，英彦同志，谨言慎行，一切顺利。"

她一把接过字卷，有些动情地说："谢谢马主席。"

“从现在起，请叫我老马吧。”马达华说着从抽屉里拿出一串钥匙，放在办公桌上，“这是门锁和两个文件柜跟抽屉的钥匙，你一会帮我转交给小徐吧。”

她瞪大眼睛问：“您的东西呢？”

“我没什么东西，就两捆书，昨晚都拉回去了。电脑我清空了，当然我也留了备份，有什么问题随时电话联系。”马达华做沉思状，“我好像没有什么可以移交了吧？哦，还有印章，等新的常务副主席到任了，你们马上换一方印鉴，把我的印章还给我，不然会出事的，也不合工会法。”

“明白。我这两天马上给学校打报告。”梁英彦说，“‘一把手’不能有真空，是吧。”

“现在你说了算，再见。”马达华伸出手和她握别，“祝一切顺利！”

说完他一转身走出了办公室门口，把她一个人留在屋里。

这时是上午九点四十分，天气多云转阴，太阳光似乎没有那么灼热了。马达华提着文件袋回到家，离午饭时间还有两个多小时，觉得此时该做点什么。想了想，便从床头柜抽屉里找出车钥匙，下楼去了。

马达华在停车场的树荫下找到自己的丰田汉兰达，拣去落在引擎盖上的几张树叶，接着打开车门，按下启动键，发动机立马传出呼呼的欢腾声。这辆2012款汉兰达SUV

豪华版已经陪伴他五年多了，现在看上去并没有过时感。当年花三十二万买这部合资车的时候，很多人都笑他是私营企业的小老板，因为几乎所有的乡下小老板都很喜欢开这款车。在丰田系三款越野车当中，汉兰达这款车，由于被冠以SUV的名头，兼备越野和轿车性能，舒适性较好，车身较宽敞，轴距长，加上有七座的布局，因而更受欢迎。马达华当时买这款车，其实有多种考虑，一方面是方便回老家。他的第一部车是上海产的桑塔纳，虽说比较耐用，轴距也可以，但动力稍逊，跑山路不够力，回一趟桂西北老家感觉比较吃力。二方面是方便旅游，刚买车的头两年，他们一家四口加上岳父没少跑海边，北海银滩和防城港金滩说去就去。有一年他们还去了海南，玩了一次环岛自驾游。三方面嘛，他也是考虑到这个车能基本满足开车人的虚荣心，走在路上也不丢人。

他还记得当年开汉兰达回老家的情景。当祖父马成虎听说这部车抵得过三十匹马时，惊叹地说："老二，你真的是有出息了。当年云南省广南县最大的地主黄顺安也不过八十匹马，我们平用寨养马最多的人家是十二匹，我们家最旺的时候也才八匹哩。你现在都有三十匹马了，要得，要得！"

马成虎的云南腔是当年赶马帮时在云南学到的，无论是喝酒猜码划拳，还是骂牲畜都是一种腔调。当然，他会说的语言可不仅仅是云南话，还有贵州兴义的汉话、百色码头的白话，甚至隆林的苗话、滇越边境的瑶话、丘北的傣话、罗平的布依话等等，他都会说个大半，一般人难不倒他。

马成虎高兴之余还向马达华提出一个要求，希望他开着汉兰达去一趟底圩街，他要去看望一个老庚。这个当年一起赶马帮的老庚很多年没联系了，不晓得他现在是死是活。马世龙听说父亲要去底圩街，欣然同意他一起去玩玩。

那天是大年初三，祖孙三人按照导航的指引，沿着驮娘江畔的县道溯河而上，不久就出了广西界。马达华故意在两省区交界处的垭口停下来，给马成虎和马世龙在公路指示牌下拍照留影。进入云南地界，驮娘江变得愈来愈瘦小了。沿途的村寨炊烟袅袅，不时传来阵阵鞭炮的噼啪声，一群群姑娘小伙聚集到公路旁，对唱只有他们才知晓内容的山歌。

坐在副驾驶位上的马成虎一路瞪大眼睛，不停地扫视路上的风景，嘴里不停地发出声声感叹。马达华晓得，他们此行正是沿着当年的马帮古盐马道，往滇东腹地驶去。

大约两个半小时之后，他们来到了云南广南县的底圩街。三十多年没来，底圩街的样貌变得让马成虎和马世龙都懵住了。笔直交错的街道，一排排的楼房，刺鼻的爆竹硝烟味和满街跑的孩子，都让他们难以寻觅到当年的街景。

马达华只好把车停在街口桥头路旁，把两位老人扶下车来。马成虎倚着桥上的花岗岩栏杆，眯缝着眼仰头环视日出方向的山头，又沿着小河朝远处望去，不一会便肯定地说："老二，顺河边这条街上去，到那棵大叶榕那里，我老庚家的马厩就在那里咯。"

尽管年近九旬，马成虎的记性还是相当好。马达华开车沿着河边的街道前行不足五百米，就到达古榕树下。他打开车门下车，到榕树对面的一栋小楼打听，那恰好是一户姓罗的人家。主人听说是广西来的客人，全家人都围拢了过来。耄耋之年的马成虎被马达华缓缓从车上扶下来，右手撑着拐杖的马世龙也一瘸一瘸地跟在后边，走到罗家的门前时，人群里的一个老阿奶走到马成虎跟前端详一会，忽然惊叫道："老天哟，是马大爹呀，是庚爹啊！"马成虎显然也认出了对方，走过去就握住老太太的手，咧嘴一笑："庚妈记得我，庚妈记得我咯。"

两个老人被罗家人簇拥进屋，马达华则从车尾箱里拎出一笼鸡鸭、一件酒、三块腊肉和几个黑米粽，一一搬进小屋。

听说马老庚来了，原来卧病在床的罗老庚赶忙嚷着叫儿孙们抬他到客厅。他躺在躺椅上，两个老庚双手握在一起，早已老泪纵横。当年的马头和骡头久别重逢，自然成为一段令人唏嘘的佳话。如果没有汉兰达，马成虎定然不会生出去寻找骡头老庚的念头。这也是他感到欣慰的一件事。

他把车缓缓开出宿舍区的大门，拐到学校外边的大路上，驶进西塘湖边的一个汽车修理店。店老板是熟人，平时他没少在这里洗车修车。车刚停住，老板就摇着扇子，笑吟吟地凑近来搭讪："哟，马领导放假啦，怎么这么得闲现在来搞车啊?"

马达华微笑着从车上下来，把车钥匙递给店老板。"是啊，开始放假了。你帮我换两条新胎，德国马牌，放两个前轮，选两条好一点的旧胎放后轮，再帮检查一下刹车片，换一下刹车油，搞个四轮定位。两个小时能搞掂吗?"

"没问题。"店老板把车钥匙交到一个年龄稍长的师傅手里，大声叮嘱说："帮马领导搞好点啊，争取十一点半搞清楚。"

师傅应声钻进驾驶室，启动汽车，缓缓把车开进工位。

还有差不多两个小时时间，总不能干坐在修理店刷手机吧。他干脆扫了一辆共享电动车，朝东边的西塘市场驶去。

西塘市场是距离学校最近的一个菜市，这里不仅邻近郊区，养殖业比较发达，而且离邕江也很近，附近还有几处水库湖泊，因而各种禽畜水产相当丰富。这里也是马达华经常来的地方，相比学校里的几个小超市，他更喜欢这个市场的土货。农民自养的土鸡鸭，江里的野生鱼类，哪摊的青菜豆腐好吃，哪家的肉档卖的是黑猪山羊，他都了如指掌。市场上众多的摊贩都认识他，晓得他的偏好，看见他走过来，都热情地打招呼，希望他能照顾一点生意。

他像是一个检阅仪仗队的将军，目不斜视地走过干货行，然后来到肉行，径直来到一个卖海猪肉的肉档，买了一对猪腰，割了两斤五花肉。他在海边见过这种所谓的海猪，其实是在海滩边上围一个几十亩的大圈，把猪放进去放养，在猪食里掺杂进一些鱼骨和贝螺壳粉末，使猪肉的养分更为丰富，吃起来肉质更香更细腻。随后他在水产行称了一条一斤半的土鲮，这是一种南方大河西江流域盛产的鱼类，是两广人桌上常见的美味。接着他又去砍了半只青头鸭，打算做一道柠檬鸭，这是江兰岚的最爱。

当他满载而归回到修理店时，汉兰达恰好开出工位，师傅说他要去试一下车，让他稍等。他去跟店老板结账，老板告诉他，他的刹车片已经磨得不能再薄了，于是帮他换了四个轮的刹车片。见他皱起眉头，老板说刚才想给他打电话的，可是没存他的号码，又指着地上几个发亮的片子说那就是刚换下来的。老板边嘴里念着修理项目和款项，边点击计算器，最后告诉他说："两条正牌轮胎，九百八一条，原厂刹车片五百一副，加上其他七七八八，总共四千六百七十块。老熟客，给四千六可以了。"

取车出来，马达华总觉得哪里有点堵，但又说不上来。你叫他检查刹车片，他干脆给你换了。这店老板也开始不厚道了，开始杀熟了。算了吧，以后得留个心眼，维修车时一定不要离开。

第七章

傍晚，他早早动手把上午买的食材拿到厨房，亲手做了一个苦瓜炒腰花，一个清蒸土鲮，一个柠檬焖鸭，一个五花肉油渣炒菜心，一个车螺芥菜汤。

六点刚过，江兰岚下课回来了，肥猫陆虎闻声从主卧冲出来，环绕在她双脚边，喵喵地求主人抱抱。看见桌上的菜肴，她嘟哝道："老马，你这样不是存心让我减肥不成功吗?"

马达华边打开一瓶红酒边说："你放心吧，喝点红酒下去就把脂肪消化掉了。"

"骗人，你当年就这么把我骗到手的。"江兰岚嗔道，"典型的农民式的狡猾。"

马达华立马做无辜状："我们农民其实非常非常善良，尤其是桂西北农民。我真的没骗你，喝点红酒确实是能够减肥养颜，确实对身体有很多种好处。"

江兰岚先给陆虎投了猫粮，洗了手，然后来到饭桌边，忽然嚷道："热死人了，开下空调吧，二十六度。"

两个人已经很久没有在这种比较融洽的气氛中对饮。他刚坐下来，她就举起酒杯说："来，老马，祝贺你光荣退休。"

"谢谢。"他一伸手，咣的一声和她碰了杯，仰脖一饮而尽。

"哎，老马，你说你这样的级别，退休了还能拿多少养老金呢？"江兰岚问。

"人事处郑立宗说，我按行政级别算比按职称算多拿一点，可能有个八九千吧，没有绩效工资了，不会多。"他说，"嗨，别谈钱了，喝酒。"

"我不是好奇吗，打听一下都不行吗？我跟你讲，想想我过两年也要退休了，我还没想好怎么过哩。"

他又向她伸出高脚杯："到时候，你跟我回到我老家去，养鱼种菜，自给自足。"

"别，别，别，你别打我的主意啊。我告诉你，退休了我哪里都不去，天天陪陆虎，睡大觉。"江兰岚说。

"那你就不怕孤独、不怕寂寞吗？"马达华说。

"这个你就不懂了，这么跟你说吧，一个人学会了享受孤独，不怕寂寞，那才是最高的精神境界。"江兰岚说着习惯性地用左手调整了一下金丝眼镜，"老马，说到底骨子里你还是个物质男人，还不太懂精神追求。"

马达华忍不住扑哧一笑，自嘲地说：“嗨，谁让我是个农民的儿子呢。来，我就用物质水敬精神江教授一杯。”

两人不知不觉喝了半瓶智利红酒，江兰岚的脸颊现出了难见的红晕。显然，她今天晚上对气氛、对菜肴、对红酒……都感到相当满意，她跟前骨碟上成堆的鸭骨头就说明一切。在马达华眼里，妻子除了说话稍显刻薄辛辣之外，其他诸如长相身材和心眼都没有问题。比如每次和他回平用老家，她都会给家婆捎带礼物，还分别给马成虎和家公家婆送一个红包。因此，他家里的几位老人对她都有不错的印象。他对她唯一有点不舒适的地方，就是她平时说话的语气，仿佛他是她的学生或者晚辈。每次开口说话，她动不动就“你听我讲”“我告诉你”“我这么跟你说吧”“你明白吗”“你懂吗”“你懂不懂”之类。作为一名汉语言文学专业毕业生，他晓得这些话语隐含的意义，也明白对方在说这些话时内心的姿态。很显然，妻子除了深受岳父影响之外，大学的课堂也逐渐养成了她这种说话的方式。

不过，不管怎么样，他和她组成家庭已经三十多个年头，他们不仅养育了一双儿女，如今双方都事业有成，婚姻稳固。这一切，都很让他这个来自桂西北大山的男人知足。虽说自从孩子们自立之后，她便要求他们的财政分开，各自独立收支，但作为男人，他晓得她心里想的是什么。他有父母，有祖父，还有众多亲戚，还要养车，要经常买菜。都说钱包是男人的脊梁，他晓得，她给了他财务方面的自由，便是给了他脊梁。

这时候，他忽然想起了上午的两个电话，便想跟她说儿子想买别墅的事。但话到嘴边他便刹住车了，改口说："这两天学校放假了，我要回一趟老家。阿爸那里有什么事，你就让你继军哥去处理，或者叫润生去，让他多接触老人，这也是一种责任。"

"没问题，你就放心去你的乡愁吧。"江兰岚说，"喂，老马，你接到儿子的电话没有啊？"

他一怔，心想这也太诡异了吧，忙说："接了，他说祝贺我光荣退休，口气跟你一模一样。这个卵仔。"

她乜斜着眼，笑说："他就没说别的吗？"

他顿了片刻，独自把杯里的酒一口闷下肚，呼出大气说："说了，他说，让我把住房公积金给他，买别墅。我没答应。"

"这么说，你是不愿意给了？"她似乎有些不悦，脸上立马晴转多云。

"不给。你看看，他年纪轻轻的住什么别墅？我说以后他有钱了爱买什么自己买，我这个钱还有用处。"他说。

"哎呀，人家有梦想你就不能成全一下吗？亏你还是他亲爸呢。"她的脸色渐渐由晴转阴，"其实，他们要是买了别墅，以后我们，包括我爸都可以搬过去一起住的。你这个守财奴，铁公鸡，吝啬鬼，你就不能通融点吗？你花钱去出那几本破书，去老家建房子，去修鱼塘，我都没说你。你现在连个住房公积金都不舍得给孩子，你这样做不是等于自绝后路吗，以后谁给你养老送终啊！”

见她有些生气，他反而镇定了情绪，口气和缓地说：“这个事我们先搁置讨论吧，好不好？我是觉得我们现在住房条件已经不错了，完全没有必要用血汗钱去供那些房地产老板吧。再说了，弄个别墅在那里，不仅要打扫卫生，还有物业费、水电费，各种费都够受的。还有，你也先别做靠儿女养老的梦了，你看覃校长、覃校长他哥，还有我们老爸，有哪个跟子女住了？还不是孤零零一个人住。”

“你说的都是个案，懂吗？你这是以偏概全，强词夺理。”她的口气似乎也有些缓和，悻悻地说，“老马，其实你不懂得疼孩子，因为他不是你生下来的。”

马达华觉得该说的都说了，便趁机找台阶下，于是讪笑说：“嗨，这三十多年，最辛苦的当然是你了，我心里满满的都是感激。来，再敬你一杯。”

她一撇嘴：“我不喝了，没心情，想吃点饭。”

见她不喝，他就独自把余下的半瓶红酒喝了。晚上洗过澡，他只穿着内衣裤衩想趁酒势进入主卧，不料被她一阵臭骂：“你来干吗？我早就停电停水了你不懂吗？滚！”

不仅是女主人不欢迎他，就连陆虎也对他怒目而视。

从南宁沿G80广昆高速、G78汕昆高速往西北方向走，在田林县潞城乡左拐进S357省道西行一百五十多公里，抵达广西最西端的西林县城，再顺着G246往云南广南和罗平方向去十二公里，就是马达华老家平用寨，全程约五百公里。若是从这里继续往西，行驶三百余公里就是云南省会昆明。他老家的县域，就像一根楔子，呈西北—东南走向直插在滇、黔、桂三省区接合部。它与广西的隆林、田林，贵州的兴义，云南的罗平、师宗、丘北、广南、富宁连在一起，号称三省区九县市。历史上，这里属于句町古国，和云南比较亲近。

一大早，太阳还没露脸，马达华就从西塘大学出发，十多分钟后就上了高速，一路向西。这条回家的路，走了多少次他已经无法统计，他只记得这条路是怎样慢慢变得越来越好走的。他还记得路旁的城镇和村寨，什么时候有人盖了新楼，开了新的店铺，他还记得哪一段是什么样的行道树。

1978年初秋，年轻的马达华第一次离开家乡，踏上了去首府上学之路。幼年的时候，他就听阿公和阿爸讲，从寨前的驮娘江乘独木舟顺流而下，就能抵达一个叫百色的地方，再往下漂流几百里就到南宁，再往东走约一千里就到达大海。于是，他一直有一个憧憬，待长大以后，一定要到江下游去看看，那遥远的地方会是怎样的天地。当他参加高考，考上首府的大学之后，他就时常做各种各样如何去往远方的梦。想不到，他挤上客车之后，车子并不是顺江边的公路往东走，而是驶向北方的隆林。后来他才知晓，驮娘江边的公路是条新路，虽然距离更近，但路窄弯多，坑洼不平，还不能满足通客车的条件。通往隆林的公路是六十年代初期修的，沙石路面稍为平整，但中途要经过桂西北第二高峰金钟山脉，还要经过喀斯特高地德峨乡，道路崎岖陡峭，蜿蜒曲折，司机们往往都闻之色变。

翻开广西地图，人们很容易看见，在桂西北高地上南盘江和红水河南岸，从东往西，散落着百色地区的西北五县，而最西北角的田林、隆林、西林三县便被人们称之为“三林”。如果从南宁百色去西林，走老路要先经过田林至隆林才能到西林，像是绕了一个大弯弓，而新路就直接从田林溯驮娘江而上，直线到达西林。马达华第一次离开老家，就被客车先拉往隆林。那天早上七点半钟从西林出发，一路爬山绕坡，到隆林已是中午时分，八十公里的山路竟然花了五个多小时。司机宣布，晚上在隆林歇宿，第二天六点半再出发往百色。饥肠辘辘的马达华顾不上一身尘土，先到路边饭店吃了两碗米粉，然后才去找旅馆住下来。听老辈人说，西林曾经一度属于隆林，后来才又从隆林分出去，原因是从西林最远的乡镇来县城开会，往往要骑三天的马才能到达。

第二天一大早，马达华再次上车从隆林出发，一个多小时后客车开始爬一个大长坡。无论汽车发动机如何拼命地嘶嚎，但车速仍然是没办法快起来。每拐一个弯道换一次挡，车后边的气流比车速快，扬起的尘土便向前方扑来，从打开的车窗钻进车厢里，然后落在乘客们的身上。到达吃午饭的地方，大家都只露出一双亮眼了。后来，他才晓得那个隆林长坡叫沙梨坡，许多去隆林西林工作的外地人，都将有一天能够翻越沙梨坡视为一种幸运。因而两县一度流传着一句民谣："翻过了沙梨坡，尿都不朝西隆屙。"意思是说，外地来的人谁一旦调离了这两个县，那就绝不会再回头了。下午的路是民国时期修建的老公路，客车行驶的速度虽说快多了，但也是三点多钟才到达百色。马达华始料不及要花两天时间才到百色，他担心路上的耽搁会影响报到注册时间，于是急忙到邮电局去打长途，向学校说明自己的窘境。百色到南宁的距离大约是二百五十公里，因为车多路窄，紧赶慢赶，马达华乘坐的班车也和前一天一样，三点多钟才到站。按照录取通知书的指引，他终于在距车站十公里外的西郊，踏进了他梦寐以求的西塘学院。

从那时候起，马达华目睹了这条路缓慢而艰难的巨变。先是从西林通到田林的公路被逐渐拓宽，住进了养路道班，铺上了沙子，基本达到了走客车的条件，班车再也不用绕过隆林，当天可以到达百色。后来，南宁到百色的三级路也改成了二级路，两地的通行时间缩短了近一半。再后来，南（宁）百（色）高速公路通车，百色通往县里的路也变成了二级路，他每次回家的路程也由三天、两天缩减至八九个小时。几年后，另一条从百色经田林隆林至贵州兴义到昆明的汕（头）昆（明）高速建成通车，他的回家路又减至六个多小时。但是，他可怜的西林老家，因为人口少且资源缺乏，不幸成为全广西未通高速的几个县之一。

那些年，马达华除了住房之外，把解决交通难题放到了优先考虑方向。田林至西林的公路铺上柏油路那年，他一咬牙花了六万多块钱，买了一部天津产的夏利车。每到假期，他就可以不用挤班车随时开车回老家。他晓得自己在家族中的地位，他这个大学毕业生能够留校工作，成为一个城市人，而且职务也不断擢升，这让老家的祖父和父亲感到平用寨马家的二孙子有出息了，他因而成了他们的骄傲。因此，当马达华开着乌龟壳一样的夏利回到老家时，祖父马成虎便四处炫耀说："我们家达华自己有车了，这种车只有当官的才能坐。"那时候，他父亲马世龙也开上了一台老解放牌货车，那是他卖掉了家里的马队，再加上卖几头牛之后，从别人手中辗转搞到的。自从城乡公路网不断向大山深处延伸，靠马帮驮运货物的雇主愈来愈少，最后竟然完全失去了生意。马家父子万万没有想到，他们三代人赶马帮过日子的时代结束得这么快，快到他们都有些措手不及。每当马世龙看见有大货车轰鸣着把一车车的货物从外地运进来，又把一车车的山货从山里拉出去，他就恨得牙痒痒的。开始时通公路的地方还少，他还能抢揽到一些生意，偶尔还会在新修的公路遭遇到货车。那些得意洋洋的货车司机往往不把他们马帮放在眼里，不时还摁响喇叭吓唬马队。有几次还把他的马惊吓得翻了马驮，让他狼狈不堪又无可奈何。为此，马世龙便暗暗发誓，一定要学会开汽车，和人家一样风光，跟他们争客户赚钱。只可惜，马世龙买车开不了几年，就在一次车祸中废掉了右腿，不得不把货车交给了大儿子马达发。

每当马达华驾车行驶在这条回家的路上，他的思绪就像脱缰之马，驰骋在桂西北高地上。沿着南百高速紧贴着邕江行驶不久就进入右江之畔，平缓的右江河谷平原渐渐走进了他的视野。眼前的这条江水，是从老家那边流下来的，在老家那边的名字叫驮娘江。它从云贵高原南麓的皱褶里生成并向东流淌而来，和另一条叫西洋江的河流汇合后，形成右江。而右江的另一条姊妹河被称为左江，两江在南宁西郊汇流后始称邕江。马达华时常站在邕江岸边，凝视滔滔江水，遥望西天，感受到一种从涓涓细流变成南方大河的律动。

第八章

中午时分，他在田林县潞城乡出了高速，来到一个叫作翠良的饭店前，找了一个靠边的位置停车。

在马达华的印象中，大约二十世纪九十年代中期开始，这个翠良饭店就在G324国道边上开张了。从这里往东是百色南宁，往西北是隆林贵州，往正西是西林，它恰好位于三方路程的中间，所以生意特别好。虽说开始时它是独家生意，但它的乡村菜肴却一直俘获着客人们的味蕾。其中的拿手菜是豆腐焖鲶鱼、黑豆炖猪脚、酸辣牛干巴、炸小鱼仔、八渡笋炒腊肉和野菜汤，另外还有各种土鸡土鸭。这个店还有一点精神相当可贵，就是无论客人多少，都能笑脸相迎，丰俭由人。他之所以喜欢这里，主要是除了美味的菜肴之外，还有黄澄澄的玉米粥。这种粥的煮法很特别，以本地山上种植的玉米棒为食材，经石磨碾碎成末之后，在大铁锅里用冷水慢慢加热，一边撒玉米粉一边搅动，直至煮熟。每次在这里吃饭，他都能吃个两小碗以上，即使到达目的地再晚他也不会感觉肚子饿。

他洗了手，便推开玻璃门，一阵凉爽扑面而来。尽管未到十二点，但偌大的餐厅已是人声鼎沸。他刚想找一个角落坐下来，不料旁边饭桌上站出一个男子，大声地向他打招呼："达华，达华。"

他驻足一看，对方原来是老家县里的老熟人，人大常委会主任岑建福。他赶忙走近，和岑建福握了握手，惊异地说："你好，你好。怎么会在这里？"

"我们刚从市里回来，刚刚点好菜。你去哪里，几个人？"岑建福微笑说。

"我一个人，回老家。"马达华说。

"那就一起吃得了。"岑建福说完，转身吩咐同伴说，"加一套餐具过来。"

两人刚坐下来，岑建福就一一向他介绍桌边的几个人，分别是黄县长、交通局向局长和两个司机。握手时，黄县长连连说："久仰，久仰。马主任，我们其实是见过面的，那时候你是校友办主任，我在市委办。"

马达华若有所思地哦哦应了两声，说："抱歉，抱歉。我们校庆六十周年的时候，市里可是给足了学校面子哩。我也听说了，黄县长刚过老家来履新，辛苦，辛苦。"

岑建福说："说到西塘大学校庆，我们这帮校友都是出了很大力的。那一年我还是常务副县长，书记是校友会会长，我是副会长，我们县一下子就募捐了两百多万财物。”

吃饭的时候，马达华无意中听到了好消息：传说已久的田（林）西（林）高速将于近期举行开工典礼。

岑建福和黄县长此行正是到市里开协调会，接受市里交给的任务，做好高速公路开工典礼的筹备工作。他还得知，这条从田林潞城经西林县城至云南罗平界的高速公路，全长约一百九十公里，投资方为中国能建葛洲坝集团，投资额达二百七十多个亿。他们两位都是县高速公路建设领导小组副组长，而岑建福还兼任征地协调组组长。

这个消息简直太振奋人心了。马达华临别时特意再次紧握他们的手，仿佛这条未来的天路是这两个人掏腰包修建似的。岑建福哈哈笑说：“达华，我晓得你的心情。怎么样，我们今晚好好聊聊，我要向母校领导汇报工作呢。”

马达华有些为难地说：“今晚不行，过两晚怎么样？”

“也好，你先回去孝敬家里那个老寿星吧。过两天我联系你。”岑建福说。

岑建福和黄县长忙于公事，一前一后先走了。马达华洗了把脸回到车上，他打开手机，看见微信里有几条信息，其中一条是老同学阮江涛发来的，说有点事想跟他说，让他方便的时候通个话。阮江涛和他同窗四年，还住的同一个宿舍，但他们的爱好并不相同。阮江涛奉行的是六十分万岁，只要拿个文凭回老家当个中学教师就行，一有空闲就抱个足球往球场跑。而他则是文学社的几个骨干之一，整天忙碌在各种文学活动之中。所谓人各有命，毕业后，他留在了学校，而阮江涛也如愿回到防城老家，成了一名中学教师。

过了很多年，借助中越边境贸易的兴起，也得益于阮家在越南那边的亲戚，阮江涛仅在几年间就暴赚了数千万。面对大量的钱财，阮江涛没有选择投资炙手可热的房地产，而是辞掉了工作，与他人合伙办起了东南亚语言学校，重点培养面向东盟的翻译人才。不承想，学制两年的中等专业学校才办几年就迅速火了，近千名的前三届毕业生甫一毕业就被抢光，这让阮江涛的办学野心越来越大。他先是和母校的东盟学院签订了办学合作协议，除了吸收各语种优秀毕业生到学校当教师之外，母校几乎所有的小语种外语教师退休后都被他高薪返聘。他还争取到了神秘的大股东注资，一举成功将语言学校晋升为语言学院。一字之差，乌鸡变成了凤凰，中专学校成了大专院校。此后，东南亚语言学院很快就在区域内站稳脚跟，学科专业增加，招生规模也逐渐扩大。如今，它已经成为多学科多专业的全日制民办普通本科高校，办学成绩令人刮目相看。水涨船高，阮江涛作为学校主要股东兼董事，目前身家已经过亿，成为名副其实的富翁。每次同学聚会，他都会慷慨解囊，让大家吃得舒坦，喝得痛快。

马达华拨通了阮江涛的电话，一开始就打趣说："老同学，大校董，有什么指示啊，不会是又请我们吃龙虾吧?"

对方哈哈大笑说："有个事，比吃龙虾重要。怎么样，在南宁吗？我想跟你见个面，聊点学校发展的事情。"

"真是不凑巧啊，我今天回老家，刚刚在路上吃完午饭哩。"马达华说，"你想聊什么呢？你的话题那么大，我可聊不起。"

阮江涛自责道："我们也刚刚放假，所以前几天没得联系你。哎呀，我知道你是个跳猫，闲不得，要经常出去采风的。"

"采个屁风呀，还没放假我老爹就来电话催回去了。哎呀，人家是家有一老，如有一宝，我现在是有好几老的人了，宝贝多了自然就忙不过来了。"马达华苦笑道。

"老同学，你家里还有那么多宝贝，这是福气啊，别身在福中不知福了。不像我，父亲和爷爷出海打鱼，台风一来，说没了就没了，连块船板都找不到。"阮江涛语气里透出一丝悲凉，"哎呀，不说这些了，言归正传吧。"

"好，你说。"马达华说。

"我听他们说，你准备办退休了?"

"是啊，下个月，过几天就到点。"

"你小子不是还小我三个月吗，你要什么花招啊？"阮江涛疑惑地问。

“没耍花招，少不更事，错全在我。嗨，迟早都要过这一关，没什么的。”马达华淡然一笑。

“你可以，不像有些人，退个休也要死要活的。还有些人，利用职权耍花招，欺骗组织。可耻。”阮江涛感慨地说。

“你不是说言归正传吗，又扯这个事干什么！”马达华呛道。

“这个也是正事嘛，我首先要证实你是不是真的退休了。”阮江涛说，“老同学，你可否考虑一下，我这里比较缺乏你这样的人才，你能不能放下身段，加入我们民营学校，继续为培养国家急需人才发挥余热作贡献呢?”

“你意思是聘我到贵校去当老师，是这样吧？”马达华问。

“是的，是的。你有高校二级学院管理经验，又当了那么多个处室的领导，特别是你还是作家、书法家，出过书，开过写作课，有正高职称。可以说，你全身都是宝啊，属于高校里的全能型人才。说实话，我这里特别需要你这样的人。”阮江涛诚恳地说。

“哎哟，你就别给我戴高帽儿了吧，我都快起鸡皮疙瘩了。我这类人呀，在高校只能算个万金油而已。”马达华假装谦虚地说。

阮江涛听得有些急了，赶忙说：“不跟你废话了。我是说，只要你愿意到我们学校工作，我们可以聘请你担任中层主要领导，也可以请你上一两门课，什么公文写作、书法课都行。在酬劳方面，我绝不会亏待老同学。”

话已至此，马达华觉得对方确实是认真的、真诚的，他得认真对待，不能再打哈哈。略为沉思片刻，他才表态说:“老同学，谢谢你的邀请。你说的事，容我先考虑考虑，我会给你一个答复的。不瞒你说，我刚退下来，在各方面还需要调整一下。”

“明白。那我等你的好消息。一切顺利。”

老同学就是老同学，毕业都那么多年了，初心还在，情谊还在。关键时刻，他会向你伸出一只手拉你一把。不管你需要不需要，愿意不愿意，那只手都在那里。结束通话，马达华心里顿时感到热乎乎的。

不晓得什么原因，每一次开车驶入这条省道都会让马达华进入一种亢奋的状态。可能是山路弯多路窄、坡长林密的缘故，也可能是遇见不同民族的村寨和各色行人，都使得他不得不打起十二分精神，一边小心翼翼地驾驶，一边尽览沿途风格迥异的村落和山色。而更令他陶醉的是驮娘江沿岸的景致，虽然越往前走河流越小，但那稻浪，那岸竹，那潺潺流水，那渔舟，那袅袅炊烟，都能让他无比享受。

在读初中的时候，马达华就晓得有一个“西林教案”

了。事件的发生地就在西林的老县城——如今田林县的定安镇。十九世纪中叶，由于清朝政府的衰落，帝国主义列强对中国加强了掠夺和渗透。法国人不仅对中国邻国越南连续发动了三次战争，完成了对越南的殖民统治，而且还派遣传教士潜入中国西南，一面进行非法传教，一面收集各种情报。当年，一个叫马赖的传教士经香港辗转贵阳，来到偏远的驮娘江畔西林县。他在定安镇修建教堂，广收当地流氓无赖入教，勾搭土匪恶棍，而后指使教徒横行乡里，抢劫马帮，强占民女，无恶不作。人们怨声载道，纷纷要求驱逐洋教士。知县黄德明慑于民愤，遂派衙役兵勇将马赖逐出西林县境。不料数月后，自以为躲过风头的马赖又悄然潜回西林，继续从事不法活动。而他不知晓的是，此时西林已经换了新的县官。这位名叫张鸣凤的知县，一改前任软弱迁就的做法，刚到任就顺从民意，处死了几个身背血案的教徒，同时限令马赖立即离境。然而，心高气傲的马赖自认为有法帝国撑腰，并不把身材矮小的张鸣凤放在眼里，不仅不听限令，还继续挑衅滋事。张鸣凤忍无可忍，一口气抓捕了马赖和二十多名恶徒。经过多日升堂审讯，掌握了大量确凿证据之后，1856年3月5日，张鸣凤遂将十恶不赦的马赖处以极刑。这就是震惊中外的“西林教案”，又称“马神甫事件”。后来，在法帝国的施压之下，当事人张鸣凤被朝廷就地革职，发配到新疆充军。法帝国也以此事件为借口，联合英国发动了震惊中外的第二次鸦片战争。

马达华始终认为，“西林教案”虽然发生在一个多世纪之前，但当年的矮个子西林县县长张鸣凤确实令人钦佩，是他心目中的英雄。为此，在大学期间他花了近一个学期搜集素材，然后又到故事发生地采风，最终创作了一部中篇历史小说《洋教士玩火记》，并在多家报刊连载，引起了不小轰动。

他每次路经定安这个沧桑小镇，都会向当年的西林县衙门行一个注目礼，向那个矮个子张鸣凤致意。

过了定安不久，就是驮娘江畔的名门望族“一门三总督”的故乡那劳镇。晚清时期，这个叫那劳的村子走出了云贵总督岑毓英，他曾经名震西南，被清廷赏穿黄马褂加赏太子少保衔。很小的时候，马达华就听祖父马成虎讲岑宫保的故事。祖父说，岑宫保小时候酷爱读书，十岁就能背四书五经，能吟诗作对。他还说岑宫保是白虎变的，在他熟睡时，人们从帐外看到他其实是一只睡着的老虎，浑身的白毛滑亮而丰茂。岑宫保还特别能打仗，在中越边境多次和法国人交手。在驮娘江两岸，岑宫保的故事至今仍然让人们津津乐道。

在大学学习期间，马达华通过研学近代史，终于知晓当年的岑宫保为什么会这般厉害。不是因为他家祖坟葬在了龙脉宝地，也不是他天资聪明，而是他勤奋刻苦，好学上进，坚韧不拔。他不仅自己成功，还带出了代理总督弟弟岑毓宝，培养出了两广总督岑春煊、湖南巡抚岑春蓂这两个儿子。

当年的穷乡僻壤出了大官，这一直是家乡的荣耀。马达华当年走出大山，祖父马成虎千叮咛万嘱咐，要他向岑宫保学习，不能有一丝懈怠。祖父认为，文能治国，武能安邦。岑宫保因为文武双全，才会受到国家的重用。后来他能够毕业后留校工作，祖父曾经认为他的运势到了。为此，祖父还到云南请了风水大师来看自家祖坟，不料风水大师逐个看了之后，却说驮娘江百里之内，百年之后再无大官，因为岑宫保家已经占尽了先机，透支了地气。祖父听后病了三天，从此再也不提马达华前途运势的话题。

马达华后来听父亲马世龙说起这件事，当场笑得肚皮都抽疼了。

第九章

下午两点多钟，马达华终于抵达平用寨。汉兰达离开二级路，缓缓驶向狭窄的驮娘江大桥，又缓缓地进入寨头。寨上静悄悄的，他只听到车轮摩擦水泥地的沙沙声。

驮娘江从西南的广南县流下来，在寨子跟前绕了个弯，然后折向东南。大约二十年前，开货车赚了一些钱的兄长马达发自费买来了钢材和水泥，然后让村干部发动村民拆掉了河上的小木桥，大家一起出工出力，历尽艰辛，终于在驮娘江上修起了一座能通行小型汽车的混凝土大桥。

这个他魂牵梦绕的寨子不大，不到一百户人家散落在几个低缓的小山坡上。马达华的家坐落在寨子的最高处，这是他曾祖父当年从老老家那边搬过来时选择的宅地。一百余年了，马家几代人都住在这里。唯一变化的是最初的茅草房换成了砖瓦房，后来又变成了两层半的小洋楼。

他出现在院门口的时候，祖父马成虎正在屋檐下的躺椅上睡觉，他的下半身暴晒在阳光下，看样子舒适又安详。

老母亲独自一人蹲在晒台上，低头在竹榻上翻晒花生和黄豆。有几只鸡聚在晒台下打盹儿，没见父亲的身影，大概是在屋里睡午觉还没醒来。

他身背挎包，一手拎着行李，一手拎着一只纸箱走进院子，对着晒台大声说：“妈，我回来了。”

母亲转过身，左手在脑门上搭了个凉棚，朝他这边看了一会，才故作夸张地笑说：“天啊，老二回来了。”

“太阳太辣了，您快下来吧。”马达华说，“我爹呢？”

“你爹他去阿姑家吃午饭还没回来，见酒了就酒魂附身了。”母亲埋怨说，“哦，你还没吃午饭吧，锅里有玉米粥。”

“我中午也是吃玉米粥，还饱得很哩。”马达华拎着包走过马成虎跟前，听到他熟睡发出的鼻息，晓得老人家睡得正酣，就没有打扰他，径直走进屋里。

马达华在二楼有一间属于自己的房间，位于堂屋的正上方。房间里有床、衣柜和一张写字桌，都是祖上留下来的粗糙家具，但他喜欢这种质地的木料和造型。往常他回到家都要躺一会，一个年近六旬的人，开了近七个小时的车，按理说是相当疲惫的，但今天他并不觉得太累，可能是心情不太一样。

他从包里搜出一小件包装精美的纸盒，上边全是外文，他只认识上边的一些通用名词，这是一款瑞士产的助听器。早在两个月前，父亲就打电话告诉他，祖父的助听器好像没有作用了，祖父又像以前一样，耳朵聋得很厉害，天上打雷了他也听不见，更别说是说话了。于是，他又四处打听，哪些进口的助听器效果最好，结果有人推荐日本的，也有人推荐德国的。于是他只好求助万能的朋友圈。后来一个在医药管理单位当领导的校友给他推荐了这款助听器，还帮他以进货价买了下来。虽说是进货价，但还是花了他三千多块钱。不过为了能让祖父的听力有所恢复，他觉得花多少钱都是值得的。

他想马上试一下助听器的效果，便下到一楼，摇醒了熟睡中的马成虎。老人家被人打扰了美梦，刚想要发火骂人，但他从蒙眬的视野中看到，这是一张熟悉的脸庞。他揉了揉浑浊的双眼，霎时嘴角一咧，老脸上绽开一朵花，呵呵地笑了起来。

现在，马成虎觉得，没有谁比眼前这张脸更亲切更可爱了。马达华握住祖父的双手，使劲一拽，略显佝偻的身子缓慢地坐了起来。他凝视着他，许久从喉咙里滚出一句话，关切地说："吃饭了没有咯?"

马达华用力点点头，拍拍肚子，表示自己肚子还饱得很。马成虎又哑然一笑。他发现祖父的耳朵上已经没有了助听器，估计是失效以后被扔掉了。他把新买的助听器让祖父拿着，走到院墙旁边竹竿上的一排毛巾跟前，想找到属于祖父的毛巾，但他一时无法辨认出来，于是又朝晒台上的母亲喊：“妈，哪张毛巾是阿公的呀？”

母亲似是也记不太清楚，只好站起身，爬下晒台，走过来扯下一张半新的红色毛巾，递给他说：“喏，你阿公的毛巾，他讲他喜欢灰色的，其实是红色的。人老了，什么颜色也认不得了。”

马达华拧开墙根旁的自来水龙头，发现水管里流出来的水竟然是热的。他赶忙把毛巾伸过去，浸湿了搓揉几下，然后拧干水，回到祖父身边，替他把脸和耳朵都认真擦拭了一遍，再回头把毛巾洗了拧干水，挂到竹竿上。祖父手里拿着纸盒，他晓得这是什么东西，便急切地盯住马达华，巴望他快些给自己打开。

在马成虎的注视之下，马达华打开了包装盒，取出耳背式助听器，安上电池，再将耳塞推入自己的右耳，打开开关，调试了一会，才把耳钩轻轻套在祖父的耳轮上，将耳塞塞进他的两边耳朵里。

安装完毕，马达华立马俯身，对祖父轻声喊了一声：“阿公，听见吗？”

祖父有些失望地摇摇头。

他又调节了一下音量，提高了嗓门，试着喊：“阿公，吃饭了没有？”

祖父的脸上露出了欣喜之色。很显然，他听到了孙子的声音。马达华顿时有些激动，退到院子五六米远的地方，大声喊:“阿公，我是哪个?”

祖父惊喜地回应说：“老二，阿公听见咯，阿公听见咯!”

这时，晒台下的一只大公鸡忽然伸长脖子，喔啊啊地叫了起来。马成虎高兴地站了起来，连连说：“杀鸡，杀鸡。”

母亲看到祖父的耳朵又恢复了听觉，感叹说:“老天啊，你真的显灵了。聋子又听见鸡叫了。”

大家正在高兴，院墙外突然响起了一阵机器轰鸣声，一辆三轮摩托钻进院门，在院子中央停住。车上的马世龙看见儿子，有些不满地大声说：“老二，你今天回来也不提前讲一声。”

“哎哟哟，老头子，你又喝多了吧。”母亲首先嚷起来。

马达华赶忙过去，从车上把拐杖递给父亲，解释说：“爹，喝酒了就不要开车，很危险的。”

马世龙喷着酒气，恼羞成怒地说：“不开三马仔我怎么能上下坡？这个是三马仔，不是车。懂吗?”

马成虎听不下去，开口骂道:“这把年纪了还这么犟卵，你以为你是布洛陀啊!”

见父亲开口骂人，马世龙不再嘴硬，赶紧降低声调说：“老二，车上有一只熟鸡、一只熟鸭和几斤猪肉，还有炸糍粑，你全部拿下来，今晚干掉它们。你阿姑今天有喜事，你表弟今天去提亲了。”

马达华呵呵笑说：“好啊，表弟终于准备‘脱单’了。”

“糍粑，我想吃糍粑。”马成虎大声叫了起来。

马世龙闻声大吃一惊：“爹，你说什么？”

“我想吃糍粑，帮我烤软一点咯。”马成虎淡定地说。

马世龙惊愕地瞪大眼睛，看看父亲又看看儿子，似是不相信自己的耳朵。

马达华淡定地说：“爹，我给阿公戴了新的助听器，我们大声说话他能听到。”

“好，太好了。上次那个好像没这么灵敏呢。”马世龙说，“这个怕是很贵的吧。”

“这个是进口货，人家老品牌了，技术方面更好一点。”马达华说。

马世龙兴奋地撑着拐杖走了几步，说：“好。老二，你马上用微波炉烤一下糍粑。我给老大打电话，叫他回来吃晚饭。”

父亲打电话的工夫，马达华也把糍粑热好了，他用碟子装了一只，递给祖父。祖父却直接用手将糍粑抓起来，把一头塞进嘴里，咬了起来。他又把另一只糍粑递给母亲，她却说自己吃不了一只，于是他就用手把糍粑扭成两截，母亲一半，自己一半。

这种用糯米制成的糍粑，是寨上的一种传统美食。人们先将本地产的糯米浸泡一夜，然后磨成米浆，用白纱布沥干水分，将湿米面捏成一个个小坨，再搓压成一个个圆饼，放入芝麻或豆沙之类的馅，捻成丝瓜形状的面胚，放入茶油锅中慢慢炸，呈金黄色即可捞出。按驮娘江一带的习俗，这种糍粑主要用于喜事，婚庆迎娶时，男方一般都会做几百只这种糍粑，和酒、肉、鸡、鸭一起合成担，分别送给女方家，由亲家分给直系亲戚享用。今天，马达华在寨上的阿姑家为表弟提亲，他们做的糍粑主要先送给未来亲家，传递一种喜庆。阿姑特意做多了一些让马世龙带回来，显然是为了孝敬父兄一家，这样马达华自然就有口福了。

马达华的阿姑是祖父最小的女儿，早年嫁到寨上的李家，因多年未生育备受李家冷眼和嫌弃。后来祖父不得不说服马世龙，把马达华唯一的弟弟马达财过继给阿姑当儿子。两年之后，奇迹发生了，阿姑竟然一口气连续生了四个男孩，加上已经改姓李的李达财，她总共就有了五个儿子。可是，一家人高兴不了几年，孩子们都逐渐长大成人。而最为尴尬的自然是李达财了，虽说阿姑一直把他当成自己的骨肉，但他总觉得是马家的人，总觉得自己受到了莫大的委屈。他很想回到马家，但当时生父马世龙刚刚遭遇车祸，大哥马达发的马帮生意每况愈下，二哥又还在大学苦读。

这年秋天，李达财觉得无路可走之时，毅然背着家人悄悄去县武装部报名参军，没想到他居然体检政审一次过关。当人们敲锣打鼓来到寨上迎接李达财时，祖父马成虎激动得紧紧抱住孙子泪流满面。然而，所有的家人并不晓得，刚刚入伍两个多月的李达财竟然直接奔赴前线，参加那场边境自卫反击战。他的枪还没打过一个敌人，自己却被敌人的子弹无情地击倒了。年仅十八岁的李达财牺牲在了战场上，后来被埋葬在边境那坡县附近的一个烈士陵园里。噩耗传来，母亲直接哭得晕倒在地上，父亲变得沉默寡言，祖父也从此开始耳聋。

战事消停之后，马达华获许来到那个位于那坡的烈士陵园，在成百上千的墓碑中寻找自己的弟弟。他不晓得花了多久时间，终于在最后一排见到了马达财的名字。原来，在报名应征入伍之时，他已经把自己改回马姓了。可怜的弟弟，就这样死在他乡。按照祖辈的习俗，他是不能进入祖宗牌位的，因为他属于夭折的“野鬼”。不过让马达华稍许安慰的是，他能与自己的战友长眠于此，他并不寂寞。

对于马家人来说，马达财的殇折是一个永远的痛，一般场合家人都不会轻易提起。

马达华把父亲打包回来的鸡鸭和肉放进冰箱，打算到傍晚再动手做饭菜。看见祖父还在站着啃嚼炸糍粑，赶忙从屋里搬来一张椅子，叫他坐下来吃。父亲打完电话后交代：“我要休息一下，你去鱼塘捞两条草鱼回来，今晚搞鱼生。你要不要开三马仔去？”马达华说不要，他要走路去。

在很多小城镇和乡村，三轮摩托车是人们最喜爱的交通工具。这种带有车厢的摩托车，既可以载人，也可以拉货。在通公路的地方，其载货能力能抵得上三匹马，因而被人们昵称为三马仔。马世龙腿不好，平时把拐杖往车上一扔，就开着三马仔到处乱跑。远的可达县城，近的能到附近村寨，每逢红白喜事，少不了要去送个礼信人情。马家迁到平用寨已经几代人，寨里寨外的人情已如蜘蛛网般密密麻麻，少不了也躲不掉。父亲说，每年光花在人情债上，就有近万块钱。

他顺路先去阿姑家，显然午餐刚刚散桌，阿姑和小表弟李四鹏正忙着收拾碗筷饭桌，姑丈似乎已经微醉，斜躺在屋檐下打盹。

看见他走进院子，阿姑大声地叫起来：“我的妈啊，是达华回来了，我还以为是工作队呢。吃饭了没有啊？”

“哥，你回来啦。”四鹏也腼腆地跟他打招呼。

马达华说：“姑妈，表弟，我吃过了。刚刚还吃了表弟的糍粑哩。”

阿姑用围裙擦了擦手，喜滋滋地把他扯到院门外，压低嗓门说：“阿姑呀，今天请人去广南那边给四鹏提亲了，算是办了一件大喜事。媒人带话回来了，说过些天选个吉日就可以把新娘接过来。”

“好啊，我一直担忧四鹏找不到合适的人呢。好！”马达华由衷地说。

“你不晓得，为了四鹏的婚事，我和你姑丈头发都愁白了。他是八一年生的，都快四十了。”阿姑叹气说，“你不晓得，现在寨上光棍越来越多，算起来都有二三十个了。难啊！”

马达华听了劝慰说：“姑妈，儿孙自有儿孙福，您莫用愁的。”

“当初，我要不是把大鹏二鹏送给人家做婿，他们搞不好也要打一辈子光棍了哩。”阿姑说着眼眶有些潮湿。

“姑妈，三鹏现在怎么样了？”马达华说，“我都十几年没见三鹏了。”

“别提三鹏了，上个月公安局还到家来，说他现在在什么力兵搞诈骗……”

“菲律宾吧。”他插话说。

“是，是，菲律宾。说三鹏在那里搞电信诈骗，喊我们叫他回来。不回来就抓他去劳改坐牢。”阿姑唉声叹气说，“哎呀，我们哪晓得他跑到哪里呢？那年他说去广东打工，到现在都不回来一回。忧死人啊！”

“姑妈，您也不要太担心，三鹏去搞诈骗肯定是犯法的，是不对的，他迟早要受到法律的惩罚。不过，既然公安局晓得他在菲律宾，那就证明他还活着，人还好好的，不是吗？”

“达华，你不晓得，寨上黄家有个仔听说也像三鹏一样在外国打工，生了一个仔，黑麻麻的，只有眼睛和牙齿是白的。唉！”阿姑叹气说。

他生怕和阿姑再说下去会引起她更多伤感，急忙说：“姑妈，您先忙，几时您闲点了我们再聊。今晚我在上面屋弄好菜了，您和姑爹一起上去热闹热闹。”

告别了阿姑，马达华提着塑料水桶走出村巷，沿着一条通向鱼塘的村道往河上走去。他时常想，当初祖父把姑妈嫁在寨上，其实是深谋远虑之举。如果姑妈嫁到了外村或更远的地方，那么她就不能每天早晚照顾到老人了。

祖父和他的同辈人不一样，别人家都有五六个儿女，多的达八九个，但是他却只有一双儿女。为此，他把自己少子的原因归咎于妻子的身体问题，同时他也时常跟同伴戏谑自己，说因为赶马帮常年在外，把家里的一块好田给荒废了。

第十章

几年前，父亲马世龙跟马达华商量，家里的三个老人都不能下田劳作，在老寨沟的几块水田也没法耕种了。想送给阿姑耕种，但她家的田都料理不过来，白送给人又舍不得，是不是出点钱，请人再挖深一点，筑个水坝，做一口鱼塘养鱼。看见父亲热切的目光，他想也没想就点头同意了。然而，开挖鱼塘的钩机开来了之后，一番七整八搞，一个宽约两亩、深近两米，坝长二十多米、高约三米的微型水库建起后，竟花去了他差不多七万块钱。后来又放了各种鱼苗，加装防盗网，安上监控设备，他总共砸了八万块钱下去，这让他的个人财政遭到不小的冲击。

自从驮娘江上建了水泥桥，寨上便开始有一些人家跃跃欲试，陆续建起了小洋楼。于是兄长马达发提议，他们兄弟俩联手为父母亲和祖父起一栋楼。这一起，马达华前前后后花了超过十五万，几乎把他的口袋掏空了。好在江兰岚在钱的问题上较为大度，让他财务独立，否则他真的出不起这个钱。

老寨沟鱼塘距离寨子约有一里路，沿河边走的村道恰好路过坝下。马世龙跟县畜牧水产所买来鱼草种，在塘边撒了三分闲地，每隔两天他就去割草，扔进塘里喂鱼。不到两年，大点的草鱼就已经长到三四斤。他干脆买了两根鱼竿，久不时钓一两条鱼回来，让老父亲解馋。

马达华来到鱼塘边，看见塘水有些浑浊，不时有鱼在水面上打水花，似是欢迎他的到来。他提起父亲留在塘边的鱼护，果然里边已有几条三四斤的草鱼，无须他再下竿钓鱼了。他先去河边割了两大把水草，投到鱼塘里，然后站在塘边看鱼儿抢食。

平用寨人原本住在这条沟上游半山腰上，后来因为人口渐多缺少水源，不得不陆续搬到河边。不承想，大家搬下来后沟里的植被也逐渐得到恢复，沟里又有水流出来了。大旱的时候，也有一股手腕般粗的长流水，基本够灌溉沟边的十几亩田。虽说马世龙家的田块靠近河边，算是尾水田了，不过也从来没有干过。

马达华小时候寨上实行的是集体经济，并不晓得当年老祖曾经在这片乱石滩上造过几亩旱田，后来实行承包责任制后，别人都嫌这里土层浅，于是这些田就又被分回给了马家。在父亲的悉心照料之下，现在鱼塘里的鱼有两三千斤。从森林里自然流出的水，虽说有些冷，但对鱼的生长不错，鱼的肉质好，因而逢年过节，家里都要做一次鱼生。祖父经常说：“鱼生加山羊肉，皇帝见了都想哭。”意思是形容鱼生和山羊肉有多么好吃。

其实，鱼塘里的鱼是不如驮娘江里的鱼好吃的，只是这些年河道也被人承包了，一般不允许打鱼，即便是打了也卖得很贵，轮不到寨上的人吃。

他提了两条鱼回到家，兄长马达发也到家了。兄弟俩开始动手做菜，马达华切肉砍鸡鸭，马达发剥鱼皮做鱼生，他还买来了一包鱼生配菜，其中有木瓜丝、假蒌叶、酸姜、酸藠头、酸辣椒和酸柠檬，外加一支芥末。每次马达华回家，家里就有了人气，不仅说话的人多了，厨房里也变得忙碌起来。母亲更是忙里忙外，一会上楼顶去割腊肉，一会洗青菜，他几次劝她坐下来休息，她都不肯停歇。

马成虎的耳朵又恢复了听觉，他的脸上又出现少有的笑容。他从柜子里又拿出了播放机，双手捧在胸前，坐到躺椅上，开始听本地山歌。马世龙被山歌声吵醒，也从床上爬起来，看看菜还没做好，便躲到院中央的三马仔上，用手机看抖音、刷视频，不时被逗得忍不住哈哈大笑。

太阳落山的时候，一大桌鱼肉也端上了桌。阿姑和姑丈四鹏都来了，阿姑把带来的鸡肝鸭肝和公鸡卵装在一个碟子上，放到祖父跟前，他瞬时满脸笑容，急忙对身边的四鹏说：“快去拿一点生盐给我。”

马成虎喜欢吃果粒状的生盐，这种习惯从赶马帮的时候就形成了。那时候的盐巴都是玉米粒那般大的，一粒一粒亮晶晶的。他吃盐有很多种吃法，有时候是把盐粒放进嘴里慢慢吸吮，有时候是把盐粒炒了捣碎，拌到肉菜里，或者直接捞饭吃。他认为盐和水一样，都是生命所必需的，没有盐人就没有力气，牛马也是一样。他自己说过，他曾经对盐的喜爱简直到了不要命的地步。有一次，马帮遭遇土匪袭击，有一个盐驮被火铳的弹丸击中，盐粒瞬间从麻袋里漏出来。本来他已经躲到路旁的树林里，但见到马驮上的盐漏出来了，便急忙冲过去用毛巾塞住了创口，全然不顾嗖嗖飞过头上的弹雨，竟敢蹲下来把撒在地上的盐粒一一捡起。直到护卫把劫匪打跑了，他还匍匐在那里一粒一粒地捡盐。地上那些细碎盐末没法再捡，他就在地上撒了一泡尿，让马一口一口地舔。

现在马成虎已经没几颗牙齿了，平时他只能吃点碎肉或喝点肉汤。其实以前他最喜欢啃咬各种动物骨头，他能够在吃鸡鸭的时候用牙齿把全部骨头嚼碎，然后全吞进肚子里，吃鱼也是如此。面对这一大盘鸡鸭肝脏，他忍不住吞咽了一下口水，接着伸出鹰爪般枯瘦的右手，颤巍巍地将一瓣肝片捉住，蘸上盐末，送到嘴边，张开嘴猛地咬了一口，双眼一闭，嘴里边咀嚼，边有两滴泪花从眼窝里滚落下来。

看见祖父的吃相，马达华觉得，祖父应该是很长时间没吃到美味的鸡鸭肝了，他心里忽然感到一阵难过。要是自己能和祖父一起生活，经常让他吃一两副鸡鸭肝脏绝对不成问题。他默默地将各种鱼生料和鱼生片夹到一只碗里，倒上一点花生油和酱油，放到祖父跟前，然后转头对父亲说："爹，您举个杯吧。"

父亲先将一个酒盅放到祖父跟前，又往里倒了一些酒，说："爹，你说两句话嘛。"

马成虎放下半只鸭肝，用左手抹去脸上的泪痕，笑吟吟地举起酒盅，说："祖宗保佑，喝酒吃肉。"

在大家注视下，他缓缓地举起酒盅，凑到嘴上，轻抿了一口。桌上的人都跟着举起了酒杯。

"我的天呀，我爹耳朵又听得见了！"阿姑惊得大叫起来。

马世龙也掩饰不住脸上的喜悦，说："阿妹，达华给阿爹买了个进口货，戴在爹耳朵上了。你看，我们阿爹现在眼睛看得见，耳朵还听得见公鸡打鸣，他能活过一百岁的。"

"爹，网上说，全国十四亿人口百岁老人大概有十一万人，我阿公有福气，应该不止一百岁。"马达华又转头对祖父大声说，"阿公，您要好好活着，什么都不要想，争取活到一百一十岁以上。"

马成虎听了，咧嘴一笑：“你们哄我啊，活那么久，那我不成神仙也是成妖怪了咯。”

众儿孙听了，都忍不住一阵笑。

见兄长马达发情绪有些低落，马达华说：“哥，你要不要先走一圈，然后到我。”

“唉，最近体检发现了一些问题，医生说让我少喝酒，最好还要戒烟。把我吓得喝也不是，不喝也不是。”马达发不禁一阵唉声叹气。

“都是什么问题啊？”马达华关切地说，“医生的话，也不能盲目全信的。”

“唉，我现在一身毛病，除了养老金不高，其他样样高。还有呢，什么不突出，偏偏腰椎间盘突出。”马达发忿忿然。

“好吧，那你少喝一点。我先敬一圈。”马达华说着双手端起酒杯站起来，面朝祖父，弯下身，大声说：“阿公，达华敬您一杯，祝您健康长寿。您随意，我喝完。”

马成虎坐着拎起酒盅，点点头说：“老二，阿公不中用了，你要好好干啊，步步高升啊。”

“好，谢谢阿公。”马达华一饮而尽。

他斟满酒，走到父亲身边，双手举起酒杯说：“爹，您辛苦了。达华敬您。”

马世龙笑说：“老二，你放心吧。你老爹今年才七十八，除了这条腿差点，其他没什么事。只要爹每餐还能喝半斤，你们都放心。”

轮到敬母亲，他说：“妈，您今年也七十七了，您十八岁嫁到马家，没有一天好好停歇过。年轻时带我们，老了还要持家。”他鼻子一酸，“您不要太累了，明年就不要养猪了吧。没有年猪我们买回来。好吧。”

母亲扑哧一笑，说：“老二，别说傻话了。不养猪，潲水丢了可惜哩。”

敬过母亲，他又站到阿姑面前：“阿姑，虽说姑丈在这里，我也要说。当年阿公把您嫁在寨上，主要是让您早晚能够关照我们家，这几十年您辛苦了。”

说完，阿姑已是泪水夺眶而出，哽咽说：“达华，你算是给阿姑说了一句公道话。那时候，河下面武装部农场那个许班长说……要带我去他老家，阿爹……硬是拦住我不给走。我不怪哪个，就怪自己命不好咯。”

他意识到自己说了不该说的话，赶忙拍了拍阿姑的肩膀，安慰道：“阿姑，您别难过，我姑丈脾气这么好，人又老实厚道，以前也是有很多姑娘追的啊。”

姑丈赶忙配合说：“是咧，是咧，要不是你阿姑，我早就到镇上上门当人家女婿了。”

“来，我敬姑丈两杯。”马达华提起酒壶往杯里倒满酒，转到姑丈身边。姑丈站了起来，说：“托阿爹的福，托哥嫂和你们两兄弟的福。来，干杯!”

喝完两杯酒，马达华又斟满酒杯，说:“这杯我敬阿姑和姑丈，祝你们晚年幸福，健康快乐。”

酒是父母亲自酿的米酒，三十来度。杯是牛眼杯，能装半两酒。对于马达华来说，这种酒在他的鼎盛时期，喝个两斤没问题，不过现在也还有斤把的量。面对有些憔悴的兄长，他给他倒了半杯酒，说:“哥，你就喝那半杯吧，我喝完。来，我敬你。”

马达发倒满酒杯，站了起来:“弟，我虽说毛病不少，不过还是能喝几两的，先别小看我喔。”

兄弟俩喝完酒，马达华说:“哥，你身体不好，不要逞强。我这次回来，要多住几天，你没什么事就回来。”

“好，我也有话想跟你聊聊。”马达发说。

最后一个是四鹏，马达华举着壶里剩余的酒，大声说:“表弟，壶里大约有三两酒，我们两个分了，你一半我一半，怎么样?”

“我听哥的。”四鹏说。

马达华腾空了四鹏的酒壶，又把自己酒壶里的酒倒了一部分到空酒壶里，大声说:“你任选一个吧。”

四鹏拿起自己的酒壶，微笑着盯住他，说:“哥，应该是四鹏敬你。”

“不，哥要轮完一圈，现在轮到你了。更何况，今天是你的好日子，怎么说哥都应该敬你。来，干了!”

祖父边吃边看马达华挨个儿敬酒，他仿佛又看到自己年轻时的影子。当年，他和骡头一起赶马帮的时候，每到一个歇脚的地方，两个人都免不了要斗一场酒。结果几乎都是“苗汉打野猪——两头倒”，分不出谁胜谁负。后来马达华问阿公，为什么苗家汉打野猪要两头倒呢？阿公哈哈笑着解释说：“以前，我们用的火铳都是洋货，大家又都喊作洋炮。猎人打猎，土匪武装，都少不了洋炮。打洋炮要用火药、铁砂和马子，马子一般是用铅做的。先把一小竹筒火药装进枪管，用铁棍冲实，再装入铁砂和马子，冲紧后用一小团砂纸挡住。然后按开枪膛上面的锤子，锤子也叫作鱼嘴，装上发火帽，最后扣动扳机，火药点燃了枪就响了。一般来讲，大的野猪都是三四百斤，打猎人的洋炮要是火药装少了，威力不够，马子都打不穿野猪的皮肉，中不了要害。所以，要放多一些火药才能打倒野猪。”

马达华晓得，早年打野猪是一种高度危险的活动。在驮娘江一带，壮家汉狩猎一般都是安铁猫夹子，或者是做陷阱。而瑶老庚则善于用树干吊绳安套。苗家汉则喜欢围猎，常常是多名枪手带上几十只猎狗满山跑，号称撵山。方式方法虽不同，但却显出不同的智慧和勇气。

祖父说：“苗家汉打野猪喜欢硬碰硬，人家灌一拃火药，他们硬要放一拃半甚至两拃，所以枪一响，野猪被打倒了，枪手也被震昏了。有一次，我的苗老同打得一头四百斤的大独猪，他放了两拃火药，结果野猪和人都同时倒下了，被同伴抬回家后灌了半壶药酒才醒过来。哎哟，都不要命了。”

吃过晚饭，祖父照例要求马达华和四鹏帮他抓痒。不晓得从何时起，祖父就患上了皮肤瘙痒的毛病。用他的话说，每次痒起来就像身上有成百上千只蚂蚁咬一样，奇痒难耐。父亲分析说，祖父年轻时到处睡马店，得了一种赶马人独有的痒痒病，后来年纪越大身上就越痒了。每次身上痒了，祖父都火急火燎地用双手又抓又挠，背后手够不着的地方，他就用身体往树皮上乱蹭。晒台旁边有一根青冈树的树桩，是父亲专门立在那里给祖父蹭痒用的。蹭来蹭去，原先粗糙的树皮被蹭得光滑了，祖父又要求立一根新的。

有一次，父亲见祖父痒得难受，就跟村前修二级路的工人弄来了一把炸药。他听人说炸药里有硝酸铵，牛身上痒了都能涂抹来止痒。于是，他就把一勺子炸药放在手心，一把抹到祖父的背上。想不到，那炸药显出了另一种威力，瞬时就辣得祖父边惨叫边满地乱滚。从此以后，祖父就跟父亲结了仇，身上再痒再难受都不会再求父亲帮他抓痒。后来，给祖父抓痒的任务，就落到了四鹏和马达华身上。

第二天清早，马达华给祖父泡了方便面，又用昨晚剩下的鱼生片熬了粥，先让父母亲开吃，然后他才去叫祖父起床。很多年前，家人并没有吃早餐的习惯，后来马成虎长出了胆结石，疼痛难忍。马达华只得赶回来把他送到医院就医，通过手术，取出了两颗麻雀蛋大的结石，胆囊也被切除了。从那以后，家里的三个老人才按照他的建议，每天早上起来先吃点东西，或粥或面。医生说，早上起来时，头天晚上吃的食物已经消化完了，胃里没有东西可消化，胆囊里分泌出来的胆汁就停在胆道里，久而久之，就形成了结石。马达华将那几个大结石泡在酒瓶里，不时拿出来吓唬一下老人们。

吃过早餐，父亲照例启动三马仔出了院门，母亲又到晒台上开始翻晒昨天那些东西。马达华收拾好碗筷，来到院子里，对正在漫步转圈的祖父说："阿公，等一下，您能不能给我摆点以前赶马帮的故事呢?"

祖父朝他愣了一下，点头说："要得嘛，要得嘛。"

马达华一直有一个想法，就是想写一部祖父和父亲当年赶马帮的小说，而且他连题目都想好了，叫《最后的马帮》。曾经有好些年，诸如《最后的土匪》《最后的压寨夫人》《最后的土司》之类的小说和影视剧非常盛行，后来才慢慢被人们淡忘。真正触发他写这个作品的动因，是那一次他跟祖父和父亲去底圩街拜访当年的骡头，两个老马帮头相拥而泣的情景，让他久久不能平静。如果没有患难之交，没有生死别离，两个帮头就不会有这般深厚的情谊。他虽说曾经听到祖父和父亲讲述一些赶马帮的片段，但都是一些零碎的段子。后来他也试图好好地听一遍那些久远的故事，但很可惜祖父竟然两边耳朵全聋了，完全没法进行正常的交流。现在，不仅自己退休有时间了，而且祖父也恢复了部分听力，他觉得是搜集小说素材的时候了。

他先给祖父泡了一杯老树茶，又回到房间，从包里找到录音笔，检查了一下电池，才回到院子里。

早晨的山寨沉浸在静谧中，偶有一两声鸡叫鸟鸣和行人的咳嗽声，但很快又归于寂寥。马达华搬来两张椅子，让祖父坐到对面，然后再次检查好祖父的助听器，确认没有问题了才坐下来。

祖父眨巴着眼，乖乖地让他把录音笔别到胸前的衬衣口袋上，老人家似乎很享受自己能帮孙子这个忙，受到孙子的重视。他清了清嗓门说："老二，我可以讲了吗？"

马达华朝他伸出大拇指，大声说："阿公，您讲一下，您是多少岁开始跟老祖赶马帮的呢？"

"老二，还要我讲云南十八怪吗？"马成虎一脸坏笑。

马达华笑着点点头："讲。"

马成虎开始数指头，清了清嗓门："以前，马帮佬路上闷躁了，就经常数叨云南十八怪。第一怪，五个蚊子一盘菜；第二怪，草帽当锅盖；第三怪，鸡蛋串着卖；第四怪，新裤补膝盖；第五怪，竹筒当烟袋；第六怪，有话不讲山歌代；第七怪，火车不比汽车快；第八怪，老奶爬山比猴快；第九怪，蚂蚱当作下酒菜；第十怪，石头当瓦盖；第十一怪，姑娘背起娃娃谈恋爱。哈哈……哎呀，太好笑了。老了记不得咯。”

好久没有人听祖父摆古了，马成虎一打开话闸就像变了个人似的，滔滔不绝地说开来。

“还是讲马帮那些事吧。我那时候很小，只有十三四岁吧，站起来还没有马头高，更不用说是抬马驮了。那一年，我有个十六岁的哥哥跟阿妈挑蓝靛去赶街，结果挨抓了壮丁，从此就没再回来。为了这件事，我阿妈没少挨阿爹打骂。阿爹打人可狠了，动不动就用马鞭抽，阿妈的身上留下一道道鞭痕，从来没见好过。阿爹担心我也挨抓壮丁，后来就带我一起去赶马帮。阿妈见我还小，抱住我就又哭又闹，不给阿爹带我出去，结果又挨阿爹一顿毒打。我后来才晓得，因为阿爹脾气暴躁，又动手打人，跟阿妈感情不好，所以只生下哥哥和我，还有一个妹妹。我从小就晓得，赶马帮常年走四方，应该比在家好玩，而且我也特别喜欢骑马。最终阿妈没能阻挡阿爹，也拦不住我的心，我就跟阿爹上了盐马道。

“刚开始那时，我什么也不懂，阿爹就耐心地教我，让我学习骑马，割马草，给马洗身子，教我套马笼头，上马鞍，钉马掌。有时候马生病了，要采中草药给马治病，什么草能治什么病，阿爹都教我认识。怎么煮药，怎么喂药，阿爹都一一教我做。后来，我慢慢也晓得看骡马生的什么病，其实不管是骡是马，身体也是很娇嫩的，天太热了会中暑发痧，天太冷了像人一样感冒咳嗽，吃错东西了会拉肚子。赶马人不光要认得草药，采草药，还要备好马药。比如茶辣、老姜、米酒、辣椒、花椒、胡椒、雄黄、盐巴，甚至火药。那时候阿爹其实只有四匹马，而且其中一匹还是母马，母马带着一匹小骡子。我开始不晓得骡子为哪样和马长得不一样，阿爹就告诉我，骡子的父亲是驴，公驴和母马交配之后就生下骡子了。因为骡子是杂交物种，长得壮实高大，比马有力，而且不容易生病。慢慢地那个小骡子就跟我成了好朋友，虽说它还不能驮东西，但是上坡的时候我可以抓住它的尾巴，这样我走路更省力。每到平路我就翻越到它的背上，让它驮起我走路。

“因为阿爹的马匹少，只能和人家搭帮。不过给不给搭帮，要看骡马多的帮头愿不愿意。为了能够跟人家搭帮，阿爹在马帮里头总是客客气气，说话做事完全不像在家里那样威风。人家让他走在前头他就不敢在后头，人家叫他在后面就不敢在中间。马帮马帮，赶马要成帮结队，大的马帮往往有上百匹，小的马帮也有二三十匹。盐马道有长有短，长的三四百里，短的也有百把里。沿途情况十分复杂，除了有当地壮王瑶王苗王彝王的势力，更有土匪强盗的山头。大马帮一般都会沿路打点，疏通各个关节，因而在道上走马也比较顺畅。有的大货主甚至会派武装押运，前后头各有十把个人，都操着长枪短火，一般强盗见了也不敢惹，但遇上劫匪就很难说了。

“那时候，我阿爹常走的盐马道有三条。一条是云南丘北到底圩街至广西西林田林到百色，一条从贵州兴义至广西隆林红河边到田林到百色，还有一条是从云南的剥隘到富宁广南到开远。大火轮船从广东珠江口开到南宁，再沿右江开到百色码头，卸下盐巴、洋油、洋布、洋纱、洋火、洋碱、洋伞、洋灯、洋钉、洋烟卷、洋砂糖等等洋货。一部分再换成小火轮开到剥隘码头，由马帮驮往云南腹地，直至昆明，和茶马道相接，去往川藏。另一部分，则由马帮从百色直接驮运到田林隆林西林，分散到贵州云南。马帮在各地都认识收购山货的老板，每次去百色剥隘驮运盐巴和洋货，马背并不空闲，从山里运出去的主要是中草药材，也有矿石和烟土。那些矿石沉甸甸的，一小麻袋就上百斤。每次运烟土和枪械都很危险，货主都有武装押运，不过一旦交火马帮就倒卵霉了。”

…………

看见马成虎说话越来越困难，马达华赶紧把录音笔摘下来，按了停止键，又把茶杯端给他，让他歇一下，喝两口水。这时，裤袋里的手机忽然震动起来，他掏出来一看，是岑建福打过来的。

“母校领导早上好！哈哈，我来你们寨上了，现在在村部呢。怎么样，过来接见我一下嘛。”岑建福一阵嘻哈，一下把祖孙俩的话题给搅断了。

马达华不敢怠慢，安抚好马成虎，就拎起手机出了院门。

第十一章

岑建福是来落实田西高速西林服务区征地方案的。马达华急匆匆来到村部，看见两部公务车停在村部前面的球场上。他刚到门口就听见办公室里的说话声很大，显然是在争论什么事。

见到马达华出现在门口，里边的人说话的声调也降了下来。村支书黄学军率先迎过来跟他握手，满脸堆笑说："嚯，叔回来啦！"

马达华朝屋里的人点点头，说："没打扰你们吧。"

黄学军指着岑建福说："岑主任，介绍一下，这是我老叔马达华教授。"

岑建福凑近马达华，故作认真地说："支书啊，他是马主席，不是马教授。大学里边教授多得很，主席却只有一个。晓得不？"

黄学军面色有些尴尬，笑说："原来两位领导认识呢。

太好了，这样叔可以帮我们寨上说点话了。”

“那不一定，我晓得马主席原则性很强的，支书你别给领导施加压力啊。”岑建福仍然装着一本正经地说。

原来，岑建福一干人马过来，是告知村干部，田西高速确定按 A 方案施工。该方案确定，拟建高速公路将经过平用寨背后，距离寨子三百余米，同时西林服务区也将建在寨子后面的那片缓坡上。黄学军等村干部认为，寨子背后有几百亩油茶林，还有一百多座祖坟，希望上级再考虑考虑。当他们晓得这个决定不可能推翻之后，便又吵着增加补偿款。双方已经争得有些火药味，恰好马达华来了。

马达华始料未及，此时自己忽然间变成一只进了风箱的老鼠，要承受来自两头的压力。他进一步了解到，即将修建高速公路和服务区的山坡上，确实是寨上食用油料的主要种植区，大部分人家或多或少都有油茶树种在那里，有的人家几亩，有的人家十几二十亩。那里更是寨上公认的风水宝地，马达华家的曾祖父和阿奶的坟墓就葬于此。更让他无语的是，县里给的迁坟补偿款仅仅是一座四千元，而村干部说云南那边是七千元一座，相差太大。油茶林一亩才补偿三万元，一棵油茶树是九十元，而云南是一亩五万,一棵油茶树是一百五，两边对比明显偏少。作为利益攸关方，他当然是应该站在村里一边的，至少村干部都这么认为。但是，岑建福代表的是政府方，给的这个补偿价也应该是事出有因，否则他不会背着村干部把自己叫过来。这么想着，他就心中有数了。为了避免进一步争吵，让自己陷入尴尬之中，他提议大家一起先去现场看看，争议过后慢慢协商解决。

岑建福和黄学军欣然同意。

上山的路太窄小，公务车上不去，大家只好步行。可能是久不爬山，才爬坡不多远，很多人就开始气喘吁吁。岑建福显然是有备而来，他穿了一身薄野战服，鞋也是高帮军鞋，斜背一只军用水壶，完全是一副行军打仗的模样。

马达华平时经常锻炼，不是打气排球就是走路，爬坡对他来说也不是什么大问题，于是他和岑建福很快就走到了大家的前头。

“主任，他们那个 B 方案怎么走?”马达华问。

“B 方案也是经过你们寨子背后山，不过是修隧道，服务区建在县城附近。不过考虑到县城周边征地比较困难，地价也相对高一些，所以经过反复考量，后来就选 A 方案了。现在已不可更改。”岑建福说。

“他们说，县里现在这个补偿款定额，比云南罗平那边低，是真的吗?”马达华问道。

“是这样的，修这条路云南那头才二十多公里，我们县境内长达一百多公里，而且我们人口少，经济体量小，出不起那么多钱，真的是没办法再多了。”岑建福感叹说，

“我们也晓得，迁一座坟这点钱肯定不够，抛开劳动力不说，做一块墓碑要一两千，买一个金坛也要千把块钱，宰只羊又是一两千，杀头猪就更不用说了。唉，难搞啊。”

“是啊，国家不容易，政府不容易，老百姓也不容易。”马达华附和说。

一行人登上一个山峁，环视未来的高速公路服务区，大家议论纷纷。马达华指着不远处的一堆坟茔，对岑建福说：“主任，我老祖的坟就在那里，中间最矮最小那个。这里原来只有我老祖的坟，孤零零的，后来旁边不晓得从哪里又冒出来几十个坟，真是好笑啊。”

“马主席，你还别说，你家老祖坟葬对正位了哩。”岑建福笑说。

“寨上很多人都以为，我马某能当个芝麻绿豆官，是祖坟葬得好。所以，就都拼命挤到一起了。他们哪晓得，我老马靠的是笔杆子硬呢。”马达华说。

说完两人忍不住一阵大笑。

从山上下来，马达华欲挽留岑建福吃个午饭，不料他坚持还要去下个点看看，午饭就到下一站去吃了，下次再专程过来看望老人。临上车前，他小声告诉他，让他一会注意看一下微信。看着公务车驶离村部，黄学军和几名村干部立刻围住马达华，让他给村里出点主意。

黄学军说：“叔啊，您也晓得了，修高速公路我们一百个拥护，但是就这么点补偿款，政府不是明摆着欺负老百姓吗？您跟领导这么熟，您自己也是领导，要跟我们站在一起啊！”

马达华苦笑说：“学军，我家也有两座坟在那里，我爹少说也有差不多十亩油茶林可能被征用。我肯定也是和村里大家一样，都是受损失的一方，利益应该争取到最大化，对吧？但是，有一点你们要记住，政府也有政府的难处，你们也是代表政府的，你们也应该和政府站在一边，不能站到政府的对立面去。对吧？”

黄学军听了脸色一阵红一阵白，垂下头说：“叔，您说的都对。不过，村民不一定都这么想。我们做基层工作的实在是难啊！”

“我晓得你们难，谁都不容易。这样吧，等我跟县里详细了解了再说，你们也不要指望我能改变什么，该干嘛干嘛。”马达华说。

“嗨，刚才岑主任说，国庆节后就要举行开工典礼，年底完成征地迁坟，年后施工队要进场了。真的是火烧眉毛啊！”黄学军摇头苦笑说。

马达华安慰说：“不要紧，我晓得你这个支书有能耐，有魄力。只要有信心，多想办法，充分发动群众，什么困难都可以克服。”

回到家，马成虎问他刚才跑到哪里了，去了这么久，显然有些不悦。他赶忙把自己刚才听到的消息一一告诉给他。老人家听了，嘟哝说："对面河不是有公路了嘛，还要修公路做哪样啰。"

"公，河对面公路太小了，走车慢，跟不上形势了。高速公路路面又平又宽，可以同时走四条车道。到时候，早上开车去百色或者昆明可以赶得上吃午饭呢。"马达华说。

马成虎听了，咧嘴微笑说："那可是好事嘛，修，快点修。老二，到时候你拉公去昆明玩一回嘛。"

"要得嘛，公。"马达华拍拍祖父肩膀，"公，我先煮午饭菜，下午继续和您聊马帮。"

"好喀，好喀。"祖父俏皮地说。

中午吃完午饭，马达华才记起岑建福临上车时说的话。打开手机一看，原来是一条订餐信息，告诉他晚上吃饭的地方。他每次回老家，岑建福总要请他喝一两次酒。他们之间的关系，其实有两层。第一层是校友师兄弟，他当过校友办主任，和各地校友往来联系是他的职责所在；另一层是老乡加朋友，他们年纪相差不大，也就相差两个年级，当年在西塘学院读书时就有来往。虽说他们一个读中文，一个读政治，但教学楼都挨得很近，宿舍也离不远，时常会凑到一起谈天说地。他们之间略有不同的是，岑建福的父亲是二十世纪五十年代的副县长，他属于官二代。因此读大学时他手头稍微宽裕一些，久不时会请马达华和其他同学到城里去改善伙食。

马达华一直有午休的习惯，他认为南方天气炎热，南方人比北方人体能消耗大，所以要休息好一些。尤其是正午的时候，太阳光直射头顶，阳气正旺，这个时间点人的消耗更大。特别是上了年纪之后，他觉得午休和不午休，整个下午的精神状态差别比较明显。于是他先把祖父搀扶到床上睡下，自己也上楼休息去了。

因为父亲有马达华照料，马世龙便可以腾出手来干点自己的事。他已经好久没有动手熬酒了，家里的酒坛子已经快见底了。他先叫妻子在灶里生了火，添上柴，往大锅里装上水，自己把一只喇叭状的木制蒸笼架到锅里，安上引槽，再往蒸笼里倒进两箩筐酒糟，再在上面架一口小铁锅，加满水。然后再用白纱布沾湿水，把蒸笼的缝隙堵塞起来。做完这一切，他又让妻子把一个已经洗干净的酒坛搁在引槽的终端，盖上白布。十几分钟后，夫妻俩便开始听到酒坛里传来一种清脆的水流声，一股酒香随即在厨房里弥漫开来。

马世龙酿酒的本事是跟马成虎学的。小时候，父亲还带他到野外去采集甘草、辣蓼草和土茯苓回来，晒干打成粉末，掺上糯米粉和石膏，捏成团晒干，制成酒曲留着备用。准备酿酒时，先把稻谷煮熟裂开，晾干后掺上磨碎的酒曲，放进木桶里发酵，待酒糟散发出酒香后就可以酿酒了。在驮娘江一带村寨，稻谷、米饭、玉米、高粱、糯米甚至橡子果、野葡萄和甘蔗渣都可以用来酿酒。马成虎认为，人是铁饭是钢，酒是粮食精。男人没有酒，就失去了精气，时间长了，就会渐渐失去阳气。他还认为，酿酒的最佳时辰是每天的正午，这个时候的阳光最能够让酿出来的酒增添阳气。

马世龙不仅从父亲那里学到了酿酒的本事，而且还把本事教给了女人。他忙别的活路时，女人也能够把酒酿好，只是有时候她掌握火候的技术比他稍差一点而已。马世龙酿的酒一般有几种，高度酒是用来泡药酒的，低度酒是自己喝的，中度酒则是用来待客的。只可惜到了马达华这一代，马家的酿酒术也似乎走到了终点。

午休起来后，马达华才想起自己的笔记本电脑还在车上，他急忙穿上运动短装，拎起手机，匆匆下到院子，拧开水龙头洗了一把脸，然后出了院门。他的车以前都是可以直接开到家门口的，但是这段时间旁边的邻居家正盖新楼房，把通道都用来堆放了沙子石料，让车子无法出入。他担心在这里停车会影响人家施工，或者发生剐蹭事故，就只好把车先开到村部，再绕到靠近阿姑家附近的空屋前停放。这家人几年前就搬到县城去住了，他们唯一的儿子在城里做生意赚了钱，把老人都接到身边去住了，还为他们请了保姆，照料日常生活。

他停好车又想起了一件事，于是又踅回村部旁边的阿牛家。刚好阿牛开的小卖部开着门，见他到来，阿牛似乎有些意外，调侃说：“怪不得这两天不见你老爹来了，原来是马老板回来了哩。”

马达华说：“老同学，不好意思，我应该昨天就来结账的，一回来就忙得分不清头尾了。”

“嗨，结不结账你也不会少我一分钱的。家里有老人的都一样，我老爹也没有什么大病，就是打了几天喷嚏，硬是喊我带他去县医院打吊针。村部这里也有卫生室，也有医生看病，他就是不愿意，就是信不过，就要折腾人。唉，我真的是服了。”阿牛苦笑说。

说着他从货架上取下一个本子，边翻动边嘀嘀嗒嗒地敲打计算器，一会把账本递给马达华，说：“喏，一共两千两百五十五块，方便面七百五十五，烟和打火机一千五。”

马达华急忙推开账本，笑说：“得，得，得，我还应该给你付息的，不收也罢。那我就微信转给你了，没有现金，没办法了。”他掏出手机，扫了微信付款码，嘴上念道：“2255，好数字。老同学，真的很感谢你给我们家老人赊账。没有你的方便面，没有你的烟，我阿公和我爹恐怕就过得不那么幸福哩。”

“哎呀，谁让我们是老同学呢。你读书厉害，你出去当官了。我呢，一看课本就头昏想呕，结果就回来修理地球了。这就是命呐！”阿牛慨叹地说，“你放心，只要我还开小卖部，你家里老人需要什么，我保证供应。你什么时候回来结个账就行了。”

“谢谢老同学，等我哪天得闲了，我们喝两杯。”

马达华跟阿牛握手告别，心里总算了结了一件事。这些年来，祖父喜爱的方便面和父亲抽的烟，几乎都是马达华供应的。而供应渠道，除了他回来时捎带一些，一旦老人吃完了，就让他们到阿牛的店里赊购。阿牛是他初中的同学，没读完初中就辍学了。那时候寨上一起上县中学的七八个人，最终坚持到底的没有几个。当年高考，他考上了本科，另有两人考上了地区师专，现在都成了镇中学的骨干教师。

回到家，刚进院子他就闻到一阵酒香，母亲正忙着把酒糟放到竹垫上摊晒，父亲在厨房里忙活，祖父站在一旁看热闹。看见他进来，父亲忙用酒提舀了小半提倒到碗里，红着脸说：“老二，你喝点，还热呢。”

马成虎显然也刚喝了点酒，脸上溢满了笑意。看见马达华把碗里的酒徐徐喝下，老人家哑着嗓子说：“好喝吧，中午熬的酒不一样吧？”

尝过酒，马达华先蹲下来抱起一个酒坛子，迈着小步，把坛子放到父亲的卧室里，然后又回来抱第二个。今天总共酿满了两坛子酒，每个坛子都是五十斤左右。要是把时间放到很久以前，能够拿出这么多谷子用来酿酒，那一定不是地主也是大户，一般穷苦人家饭都吃不饱，哪里还有谷子熬酒呢。

第十二章

祖父说，他刚才睡午觉的时候，又梦见到骡头老庚了，老庚不停地向他喊话。马达华听了不由一惊，问他老庚都说什么了，他说老庚喊他去底圩街唱山歌耍姑娘。

马达华晓得，那次他开车带祖父和父亲去底圩街不久，骡头老庚就仙逝了。当时祖父还让父亲杀了一头猪去祭奠。

祖父时常跟儿孙们说，是骡头老庚救了他的命，骡头老庚是他的大恩人。祖父说着说着忽然间就老泪纵横，声音也变得暗哑而低沉。

祖父跟随曾祖父走了几次马帮，他才晓得，那个“马锅头”是个云南人，曾祖父喊他雷帮头。雷帮头虽说自己也只有七八匹马，不过他雇了两个马脚，既是保镖，又是帮手，后来又陆续拉了五六伙散马队入帮，加起来也有三四十匹骡马。雷帮头平时爱说笑话，外表看起来和气，但骨子里是个狠人。每赶一趟货，不管路上有没有损失，他都要足两成的运费。开始他对带个娃仔一起赶马的曾祖父并不友好，每天晚上都叫祖父给他端洗脚水，水太烫了或是不够热，嘴上都会不干不净地骂人。为此，祖父背地里对雷帮头是恨得咬牙切齿。有一次，祖父和雷帮头的一个马脚争吃一块锅巴，他不仅挨马脚往嘴里塞了马粪，还挨了曾祖父一顿马鞭。

祖父和曾祖父每天随马帮行走在盐道上，太阳出来了就上路，太阳落山了才歇脚。沿河边的道路比较好走，一天能走近百里，要是翻越高山大岭，往往只能走三四十里。若是碰到下雨天，坡陡路滑，再老的马也会失蹄，翻驮是常有的事。要是遇到马翻驮，首先要用油布盖好货物，不能让雨水淋湿。淋了水的货，要么蚀溶了，要么没有卖相，往往会被货主责罚或者拒收。要是货物被打烂了就更不用说了。

有一年秋天，滇东南早早就进入了烂秋时节，天空连续下了半个多月的小雨。此时祖父他们正在从丘北返回去往百色途中。只穿一身单薄衣服和蓑衣的祖父，还是接连挨淋了两天雨，结果在路上病倒了，身体一下烧得发烫，一下冷得牙齿打架。马帮走到一个叫底圩街的地方，他实在是走不动了。忙于赶路的曾祖父只好把他交给了马店老板，留下两块光洋，请求老板找个医家，治好儿子的病。马店老板是个中年女子，丈夫也是出了远门去滇西茶道赶马帮，一年不曾回家几次，马店的生意全靠老板娘打理。因为底圩街是弥勒丘北至百色盐道必经之路，曾祖父多次在这里歇脚加补马料，久而久之就成了熟人。

曾祖父离开后，老板娘当即把她儿子的衣服拿出来给祖父穿，然后亲手给他刮痧煎药，让他躺在儿子的床上，盖上厚厚的被子。老板娘告诉祖父，她也有一个跟他一般大的儿子，也是跟父亲赶马帮去了，他现在穿的睡的都是她儿子的。几天后，祖父病情终于好转了，他没有患上可怕的打摆子病。尽管身体还很虚弱，但是可以下地走动了。这时候他才晓得，老板娘的丈夫姓罗，也是一个马锅头。她的店里并没有别的伙计，除了她的家婆之外，还有一个快出嫁的女儿。老板娘让他叫她大妈，叫她女儿作姐姐，叫家婆作婆婆，她们则叫他小马脚。

老天还是下雨，雨不大，细细密密的，满天飘飞，落在树上瓦上，聚成雨滴，滴答滴答地砸到地上。身体慢慢好转之后，他便开始动手帮老板娘干活。铡马草，扫马厩，清理院子，帮劈柴，帮挑水。老板娘时常倚在门边，看着进进出出的祖父，不由得想念起了儿子，于是眼睛里不知不觉盈满了泪花。不知不觉中，半个月过去，山坳上又响起了祖父熟悉的马铃声，曾祖父的马帮又从雨雾回到了底圩街，他又再次披起蓑衣告别了老板娘。

遗憾的是，曾祖父和祖父一直没能见到老板娘的丈夫罗帮头。后来他们才听说，那个罗帮头在从缅甸回来的路上被洪流冲走了，连个尸身都找不到。这时候，老板娘的儿子已经二十出头，和祖父一般年纪，他们不仅成了家，也有了儿女。老板娘不想再失去儿子，死活都不让他再赶马帮，但儿子又放不下赶马帮的生活，只得求助曾祖父帮忙说服母亲。后来母亲终于拗不过儿子，只好松了口，开出的条件是不再走凶险的滇藏滇缅线，让他和曾祖父一起走相对安全的盐道。这时候曾祖父已经拥有了八匹骡马，便和年轻的罗帮头搭帮，开始建立了新的马帮。

罗帮头虽说有十二匹骡马，还有三个马脚，不过在成立新马帮时却不肯做帮头，而是极力推举曾祖父当帮头，自己甘愿当二帮头。从那时候起，祖父和罗二帮头才知晓他们都属虎，是同年同月生的兄弟，他们还互相自报姓名，一个叫罗一虎，一个叫马成虎。因为罗二帮头早出生十多天，祖父就称他为大哥，自称小弟。

罗二帮头自小常年走滇西，那边的大山大河见多了，世面自然也比祖父见得多，他总有一些讲不完的故事，经常说出来让祖父大开眼界。

和很多马帮不一样，罗二帮头养有两只白头老鹰，一只站在头骡的驮子上，另一只站在他的肩头，随时听他的号令。他的号令都是通过吹口哨发出，老鹰听到一声长哨便会腾空而起，飞上高处，察看情况。如是吹连续短哨，老鹰就会飞回到主人身边。据说，依仗两双鹰眼，一些埋伏在森林里的劫匪被早早发现，帮头就大声喊话驱离。若是碰上硬茬子，不肯退缩离开，罗二帮头就一边指挥众人鸣锣烧炮，一边指挥双鹰对躲藏的匪徒进行轮番攻击。这一招，往往让歹徒不堪其扰，最后逃之夭夭。合伙之后，有一次在从隆林返回的路上，祖父曾经目睹两只老鹰大战苗寨十多只猎狗，结果不仅一群恶狗被老鹰抓得四处哀嚎，连狗主人都吓得不敢放一枪。

然而，老话说，人有失手，马有漏蹄。罗二帮头年纪轻轻又胆识过人，但他偏偏不谙水性。有一天傍晚，马帮行至驮娘江下游一个叫八渡的地方。八渡当地话是渡口的意思，一般在水流较深的交通要道都会有渡口。当时恰好是赶街天，渡口上往来的人比较多，船工就让马帮排队等候，让人先通过渡船。眼看天色将晚，马帮必须天黑前过河，到对岸去过夜。性急的罗二帮头不听祖父劝阻，硬要在渡口下游的滩头涉水过河。然而，走在前头的头骡刚走到河中央，就被一块暗礁绊倒了，瞬间连骡带驮被急流冲往下游。惊惶中，正在涉水过河的马成虎不顾危险，连游带冲几个猛扎，终于游到头骡旁边，迅速使劲解开肚带，让驮子和头骡分开。接着他又扑向前去，牵住头骡的缰绳，猛然往上一拽，头骡一个鲤鱼翻身，在激流中站了起来。马成虎在齐胸的河中拼命地拉着缰绳，一步一步往岸边靠近。被吓得嗷嗷叫的罗二帮头顾不上河水，直冲到河里，从祖父手里接过缰绳，顿时感激得不知说什么好。这次遇险，虽说失去了一驮盐巴，但头骡被救了下来。赶马人都晓得，头骡是马帮的灵魂和命根子，不是什么骡马都可以调教成头骡头马的。

经过了这一回，罗二帮头对马成虎的为人更加钦佩了。都说患难见真情，关键时刻，还是依靠兄弟好友出手相帮，否则一个人的本事再高也是不行的。马帮回到底圩街的当晚，罗二帮头叫家人捉来家里最大的公鸡，在他母亲和曾祖父的见证下，刎了鸡脖，盛了两大碗血酒，和马成虎对拜后将血酒喝了个底朝天，然后又砸碎了碗。自此，两个同年同月生人成了老庚，发誓有福同享，有难同当。

如果不是马达华的手机响声打断，马成虎的故事还要继续讲下去。岑建福来电问他要不要派车来寨上接他去县城，这时他才想起晚上还有个约会，想到让人家来接太麻烦了，就回复说一会自己过去。

掐断了电话，他又拨通了四鹏的手机，叫他在家等着一会送他去县城。祖父见他要出门，便要求他先给自己抓一会痒，没等他应答就猴急地把衣服下摆撩起来，挂到两边肩头上。看着眼巴巴的祖父，他只好到屋里要来两只玉米棒，认真地在祖父树皮一样的背脊上搓擦。

四鹏每天都在果园里劳作，有时打药，有时除草，有时灌溉，把二十多亩砂糖橘料理得十分周到。每次马达华回来他都成了司机，负责他这个表哥酒前酒后的接送。接到电话，四鹏不等马达华出门就来到院子里，马达华赶忙招呼说："四鹏过来，帮我给祖父搓一下，我先发个短信。"

四鹏接过两只玉米棒，一手握住一只，像抹墙灰一样在祖父背上使劲地上下搓起来。不一会，便有舒畅的呻吟声从祖父嘴里传了出来。

待祖父舒服过后，马达华才得以动身离开院门。他想开汉兰达去县城，但四鹏说他刚好想去县城加油，于是他就来到阿姑家，坐上了四鹏的五菱宏光面包车。

车到寨口，马达华看见一个农妇站在路边，手上提着一个提篮，像是在等车。而此时四鹏似乎没有减速的意思，他只好连声叫他靠边停车，然后打开车门朝后边的女人喊："喂，你坐车吗？去县城。"

女人听到喊声，愣了一下，才快步赶过来，拉开车门钻了进来，惊讶地说："妈啊，以为是谁呢，原来是老二哥呀。"

马达华笑说："你是阿媛吧，好久不见了。"

"哎呀，你还记得我小名呀，还是叫我宝生奶奶吧。老二哥，你命好吃公粮当大干部，我命苦在家做苦工，你哪里会见到我呢！"阿媛有些酸涩地说。

"我也当公了。哎呀，岁月不饶人啊，我们都老了。想当年，你是我们平用寨的寨花，到县城读初中，你也是班花啊！”马达华感慨地说。

“别说了，老二哥。你们男人说好汉不提当年勇，我们女人呀不要说以前多漂亮，是吧？你看我现在是正正宗宗的黄脸婆了。”阿媛见到老同学，说话也不遮掩了。

“哎，这么晚了，你这是去哪里呀？”

“去县城带孙子呗，还能去哪里。”阿媛又一阵叹气，“我有两个孩子，老大在县城，老二在百色，都有孩子了。年轻人工资低，请不了保姆，我老公就去百色带老二的小孩，我在县城带老大的。离家近，我就养两头猪，早上送孩子去上学，我就坐公交车回来，喂猪呀，做点家务呀。不然到年了不杀年猪，过年吃什么？”

“这么说，你也是有福气的人了。孩子有出息，还有孙子了，自己也健康，还有年猪杀，你也应该知足了嘛。”马达华安慰说。

“嗨，话是这么讲，可是我不满足啊。要是当年我上高中，起码考个中师中专吧，至少有个工作做，这辈子也没这么苦吧，这就是命啊。”阿媛还是不能释怀。

说话间，车子已经来到城郊。马达华忙问：“老同学，你要到哪个位置下车？我们送你一下吧。”

“不用送，放我在前面桥头路口就可以了。老二哥，真的谢谢你了。等到过年，你去我家吃顿饭呀。”说着她从后排递了一张十元钱给四鹏，四鹏说："不要，不要。你是我表哥老同学，我不能收钱。"

把阿媛送下车，马达华对四鹏说："去句町茶庄。"

"二表哥，送你去到那里，我就不进去了。"四鹏说。

"为什么？"

"我身上都是汗味，还有农药味，怕熏了你们。你们都是领导，我在不方便。我去大表哥那里，你吃完饭了打电话给我。"四鹏又说。

马达华想了想，说："好吧，那就由你。"

第十三章

眼前的句町茶庄其实不仅可以喝茶，而且是一个喝酒的好去处，以往他来过很多次了。茶庄老板是云南的，内外装修都有一些大理白族风格，雅致而古朴。包厢的桌椅门窗都是明清风格，墙上还挂了一些滇桂历史名人字画，给人一种悠闲文雅的感觉。

马达华被服务员带到二楼的大理包厢，里头已经有几个校友先到，其中一个是中文系的师弟莫墨。一一握手寒暄之后，他就坐到莫墨的旁边。请客的岑建福刚下班，说是还在赶过来的路上。前面来的校友已经点了普洱茶，大家就边闲聊边等人。

他每次回到县里，几乎都会得到校友们的热情接待，时间短的一两次，时间长的会有好几次。大家之所以认可他，主要是他既是老乡又是校友，而且是留在母校的校友，还当过校友办主任。当然，县里的校友回到母校，他自然也是要请他们喝两杯的。

只有莫墨例外，他毕业后一直在区公安厅工作，从一般科员干起，到厅办公室主要领导。准备从一调晋升二巡时，在县里退休的老父亲突然病逝。然而祸不单行，因亲人的突然离世，与老父亲白头偕老的母亲受不了刺激，不久就罹患脑梗死，瘫痪在床。连续的变故让在县城退休的姐姐无法独自应对。思量再三，作为家中独子的莫墨毅然打了提前退休报告，回到县城和姐姐一起照料母亲。当他把自己的情况告知马达华时，马达华感动不已。

和岑建福阮江涛等其他校友不同，莫墨喜欢写诗，在大学期间就在报刊上发表过一些诗作，曾被老师同学们普遍看好，期待他将来在诗坛拥有一席之地。或许是天妒英才，或许是其他原因，分配到工作岗位之后，他便不再写诗了，而且一停笔就停了二三十年。有一年母校校庆，当年的文学社社友们又有机会聚到一起，纷纷上台朗诵自己的诗作。想不到，就在他准备尴尬离场之时，一个在区级文学刊物当编辑的女校友，突然上台抢了别人的话筒，深情朗诵了曾经的诗人莫墨的组诗《我们即将毕业》。一句句诗文如刀子般刺痛了他的心，不等女校友朗诵完，他早就已经热泪盈眶，那种来自遥远时空的呼唤，令他不能自已。自那以后，公务员诗人莫墨又回归诗坛，他接连发表了几十组诗作，仿佛是把埋藏多年的才情之火一一喷发出来。

“最近写了两三组诗，还想发给你看看呢，想不到岑建福说你回来了。”莫墨一直喜欢把一些新写的诗发给马达华看。在他眼里，马达华或多或少还算个半桶水诗人，不过现在也只能算前诗人了。

“家里有点事，不回来我老爹我阿公哪里肯放过我哩。刚好放假了，说回来就回来了。”马达华说，“你老妈怎么样，还是住院吗？”

“刚得病那时住院，你也去看过了。后来又闹回家，老人家生病了脾气差，请了几个保姆人家都受不了。后来，我和我老婆、我姐和姐夫都挺不住了，只好联系康复中心，让她住进去了。到了那里她情绪稳定多了，胃口也比以前好，现在还胖了一些，意识也清楚多了。”莫墨的神色相当平静，像是在说别人家的事情。

这时，包厢门忽然被服务员推开，岑建福带着一股风进来了。跟在他后面的女服务员把两个鲜红的酒袋搁到餐柜上。他连连催促说：“服务员，上菜，上菜。开酒，开酒。”

“不好意思，让各位师兄师弟久等了。”岑建福环视一周，指着马达华说，“马主席你不能坐那里，往左移个位，让黄县长坐你和莫师兄中间，我坐你旁边。噢，还有两位女校友在路上哩。她们来了随便坐。”

莫墨说：“建福，你还是那么低调谦卑，你坐主位又如何呢?”

岑建福笑盈盈地说:“哎呀，县长是外来干部，应该的，我们不是经常见面吗。再说了，四家班子里人大也是排在政府后面嘛。”

“莫墨的意思是，饭桌上不一定要讲政治，说得也对。但是，有时候不讲政治也不对。”马达华说完，众人不禁哄堂大笑。

岑建福坐下来，说:“今晚是校友聚会，主要是欢迎母校的马主席，还有莫诗人，我们也好久不见了。本县一百多名西塘大学校友，我就请了这么几位，有五〇后、六〇后、七〇后、八〇后的，噢，好像有一个女校友是九〇后的。酒呢，是我自己带的，不违反规定，也就四瓶，总量控制。”

正说着，两个戴眼镜的女子出现在包厢门口。岑建福连忙招手:“进来，进来。两位‘半边天’终于到了，一会才正式介绍哈。”

第一道菜上桌的时候，黄县长被服务员带进了包厢。他一看空位，不由一怔:“岑主任，你不是给我挖坑嘛，那个位子你不坐谁敢坐啊。”

岑建福说:“主要是让你认识我们两位杰出校友，请坐，请坐。”

黄县长还是有些忸怩，自嘲道:“哎呀呀，那就恭敬不如从命了。”说着移步过去跟马达华握手，“你好，马主席，前两天见过的。”接着又向莫墨伸出手，“你好，幸会，幸会。”

岑建福指着莫墨说：“区公安厅莫墨主任，著名诗人。”

黄县长颔首点头：“久仰，久仰。”

莫墨也鸡啄米似的连连申明：“原主任，原主任。”

待黄县长坐下来，菜也陆续上桌了。岑建福环顾四周，看大家都斟好了酒，转头对县长说：“县长，你举个杯吧。”

黄县长赶忙摆手：“你举，你举，这是你的局。”

“那好，今天晚上很高兴，在这里请大家聚一聚，主要是欢迎母校马主席和莫墨主任，也欢迎各位校友。特别是欢迎县长在百忙中，光临指导西塘大学本县校友会的工作。来，大家举杯，干了！”

酒过三杯，岑建福宣布大家先放下杯子，喝点汤吃点菜，边吃边聊聊天。马达华觉得，如今县里饭桌上的风气变得越来越人性化了。不像以往，主客一坐下来就开始掐酒，直到喝醉了还不晓得菜是什么味道。

岑建福一声吆喝，服务员立即给每人端上一小碗汤。这种当地人称为糜蠘的汤，酸爽解腻，富有营养，但是奇酸无比，是驮娘江畔人家的常备秘制食物。人们只要用一小碗母汁先熬制半个小时，再配上小鱼干或是河螺蛳肉，煮至汤色渐浓即可食用。

品过糜�российских，岑建福忽然站起来，把一大盘白切麻鸭转到跟前，用公筷分别给马达华和黄县长夹了半边鸭头，给莫墨夹了鸭下巴，又分别给旁边两名女士送上鸭腿，再把鸭屁股夹到自己碗里。最后把鸭肉转到另一边，让对面的校友自己吃鸭肉。

在驮娘江流域，用鸭肉待客的历史非常久远。因为水质、气候、食物、品种的关系，这里的土麻鸭一直以肉质细嫩、味道香浓而闻名，西林麻鸭已获国家地理标志保护产品认证。马达华曾经听祖父和父亲讲过一些关于麻鸭的故事。传说清朝末期，岑宫保离开驮娘江边去云南当了大官，依然念念不忘家乡的麻鸭，便让下属想办法从老家运送过去。然而，因为路途遥远，当马帮把鸭子送到昆明时，鸭子已经变得又瘦又老，鸭肉失去了原先的味道。于是，有人想出了一个办法，就是先在老家把鸭子养得半大，鸭背上的翅膀刚刚交叉时，赶鸭人就把鸭帮赶上了路。鸭帮一路走走停停，遇水走水，遇到刚收割稻谷的地方就住几天，没有水稻的地方就用稻谷喂。大约两个月后，赶到昆明城下的鸭子也长成熟了。由于一路得到很好的照料，麻鸭非但没有变瘦，反而四肢丰满，毛色滑亮，肉质也更紧实了。不仅让岑宫保吃到家乡的麻鸭，而且驮娘江麻鸭也成了昆明人的佳肴，一度一鸭难求。直到今天，麻鸭始终还是句町故地饭桌上最受欢迎的硬菜。

大家吃了麻鸭之后，又开始把目标转到了句町虫。所谓句町虫，其实是当地的一个拼盘，有油炸的蜂蛹、沙巴虫、木虫、蚂蚱和臭屁虫。一些初到这里的外地人，如果胆小往往都会被这些虫子吓坏。尤其是臭屁虫。这种学名叫椿象的虫，一旦触碰到它，它便会放射出一种奇臭难闻的气味，让人避之唯恐不及。传说句町古国时代，士兵们时常被毒虫和蚂蟥叮咬，又缺医少药。于是，有人把树林里随处可见的臭屁虫捣碎，敷在伤口上，不料创伤很快就好了。后来，人们还把它当作菜肴，名曰以毒攻毒，吃它下肚，浑身舒服。

看见大家似乎都尝到了美味，岑建福便开始一手拎酒盅，一手拿小酒杯，开始转圈。第一杯自然是先敬马达华，他大声地说："各位校友，马主席是我们县的骄傲，恢复高考第二年就考上西塘学院，当年本县只有十个人考上本科，其中九个是插队知青，本地人只有他一个。他还是中文系的才子，在大学期间就参加导师的课题，研究《布洛陀经诗》。他不仅搞科研，还写诗歌散文小说，毕业后就留校工作，当了好几个处室一把手，还出了四本书。老实讲，马主席也是我的榜样，来，我敬他双杯。"

一直站着尬笑的马达华只好自嘲地说："岑主任，你也是我的榜样。请允许我们互相吹捧，共同提高啊。"

大家一阵哈哈大笑。

接着，岑建福来到黄县长身旁，继续大声说：“各位校友，黄县长几个月前不远千里来到西林履职，他不嫌这里山高路远，不嫌县小贫困人口多，扎扎实实工作，迅速打开新局面。这段时间，我们县又接到新任务，就是举全县之力，积极做好田西高速公路的开工建设……”

黄县长急忙插话：“哎，哎，大家听我说，我初来乍到，不能乱抢功，其实田西高速前期工作，都是岑主任他们先做的。来，我提议，为了高速公路即将开工，我们一起干一杯！”

大家都兴奋地一起举杯，一饮而尽。

几轮之后，马达华逐渐意识到，自己似乎已然成为桌面上大伙攻击的中心。几乎每个人敬酒都和他碰了双杯，而别人互敬都是喝一杯，再这么喝下去笃定会先醉了。他不得不请求暂停，喝了几大口纯净水，试图缓解一下。

借着酒劲，马达华趁机压低嗓门，向黄县长打听高速服务区征地补偿款相关问题。他跟黄县长反映，寨上的迁坟户都认为政府给的补偿少了，不够开销，所以大家意见比较大。黄县长告诉他，县里可支配的高速公路征地补偿款，主要由施工方掏一部分，县里掏一部分。由于路线长、经费少，划到具体的项目自然就少了。马达华还是不甘心，他举了云南那边的例子，为什么同样是迁坟，人家为什么能补偿七千，而广西这边才是四千。黄县长跟他举了个例子，好比同样是一包盐巴，放到一个小锅头里时咸淡可能刚合适，但放到大锅头里那就可能淡得没有盐味了。建设田西高速，人家是小锅头，而我们是大锅头，没办法。

“那，县长，意思是服务区的补偿问题不能讨论了，是吧?”马达华有些失望。

“可以这么说。”黄县长现出一副爱莫能助的样子，“我晓得平用寨大部分农户都要承受一定的损失，包括你们家吗?”

马达华点点头：“我老爹这次喊我回来，主要是想让我出面解决这个事。唉，我难呐。”

黄县长提起酒杯，伸到他跟前，歉疚地说：“不好意思啊，想不到动到你老祖宗头上了。”

“嗨，这也不是你县长一个人决定得了的事，我能理解县里的难处，就怕老百姓不能理解。”马达华说。

岑建福似乎是出去打了一通电话回来，刚落座就听到旁边两个人的对话，马上打圆场说：“县长，马主席老家的情况有点特殊，服务区的坟墓很多，我去看过了，密密麻麻的，牵涉面广。尤其是马主席家的两个祖坟，位置确实好，搬迁很可惜的。这样吧，我今天想了一天，我有个不成熟的建议，虽说是补偿款标准不能动了，不过县里能不能通过别的方式给寨上补偿一点呢?”

一席话似乎点醒了黄县长，他睁大眼睛看了看岑建福，说:“哎，这个，不是不可以考虑啊!”

“我意思是说，县里可以给寨上硬化道路，安一些太阳能路灯，或者搞点别的小项目嘛。”岑建福说。

“行，行，这件事包在我身上，但也要有度，可以适当搞点小项目啊。怎么样，马主席，这样也够意思了吧?”黄县长忽然有些兴奋。

马达华觉得两位已经给足了面子，再纠缠下去恐会破坏饭桌上的气氛，便拿起酒盅，为三个人的杯子斟满酒，率先端起杯大声说:“来，我敬两位父母官一杯，你们辛苦了。”

“不过，我有个要求。马主席，这件事只能做不能说哦，你一定要保密。”黄县长压低声音说。

“我晓得。”马达华说。

回家的路上，马达华坐在副驾上正闭目养神，忽然手机响了，岳父江元中说:“达华，你方便说话吗?”

他突然懵了一下，赶紧说:“爸，您说。”

“这样，最近有高人跟我说，今年内要让我过一次隆重一点的生日，否则明年的运势会很差，甚至会生一两场大病。这种事呢，本来我是不相信的，但是有时候，你不信它偏偏就来找你了。所以呢，宁可信其有，不可信其无，对吧?现在有个问题，我以前登记的年龄信息都不是真实的。我想呢，如果过的不是真正的生日，那效果肯定是打很大折扣的，是吧？因此我想最近如果能够回一趟老家，我弟那里存有我的生辰八字，我拿万年历一对，不是就能查到我的真实年龄了吗？”江元中说。

“爸，我现在在老家，可能还要小住几天呢。您能不能让老家那边复印一张过来？”马达华说。

“你开什么玩笑，八字是不能带出家门的。”江元中说，“我们还是要回去一趟才行。你快点回来吧。”

马达华想说点什么，但没说出来，嘴上却说：“好的，爸，我什么时候回去了会联系您。”

“行吧，快点回来啊。”江元中说。

下部

第十四章

马达华已经记不得何年何月没上过G72泉南高速了。这条从福建泉州起，经江西、湖南至广西首府南宁的高速公路，横跨四省区，全长一千六百三十五公里。它几乎贯穿了桂林、柳州、南宁三个广西最重要的城市，其广西段桂柳高速也是广西最早通车的高速公路。

记得刚刚通高速的那一年，他开着那辆夏利载着岳父江元中和岳母沈念初，一起从南宁向桂东北出发，目的地是桂东北的G县，那里是岳父的老家。第一次在宽阔的高速路上行驶，即使他把油门踩到底了，还是感觉不到那种飘逸的快意。他们都是第一次在密闭的公路上旅行，不只是对平坦宽敞的路面感到兴奋，更对服务区里的一切感慨万千。岳父和岳母为了体验不同的服务区，每当见到即将到达服务区的路牌，他们便嚷嚷说要上厕所，搞得在路上耽误了不少时间。车开到桂林时竟然花了五个多小时，再往G县行驶百余公里，到达县城时已是下午四点多钟。马达华那是第一次来到岳父的家乡，正当他考虑如何为老人家准备回乡的礼物时，岳父却宣布晚上住在县城，不回乡下了。那天晚上，岳父的一个老同学在一个小餐馆里请他们打油茶。久别重逢，两个老同学操着家乡话聊得很欢，但马达华和岳母一句都听不懂。更令他费解的是，第二天早上吃过早餐，岳父竟然宣布返回南宁，不回乡下的老家了。岳父的解释是到乡下的路还有二十多公里，路太难走了。从那一次以后，岳父再也没有了回老家的冲动，更别说回一趟老家了。

进入高速，江元中显然没有那种多年终回故乡的期待，反而神情有些阴郁，有些沉默寡言。马达华心里揣测，岳父这种表情，要么是对他在老家待的时间过长有意见，要么是有什么心事。其实，他前天下午就回到学校了，只不过昨天上午被梁英彦叫去单位，让他再完善一下他起草的那个报告。梁英彦已经被学校临时指定为工会主持全面工作的负责人，是否正式任命要等到教工代会召开，经过选举当选后才能下文。下午他又陪覃大果去探视他的兄长覃大毛，前些日子覃大毛出了点状况，让康养中心受了一些惊吓。覃大果放心不下，就叫他一起去看看到底发生了什么事。经了解，原来是覃大毛经不起老同学的召唤，擅自离开康养中心去参加同学聚会，而且一夜未归。覃大果听完管理人员介绍情况后，忍不住当面把覃大毛狠批了一顿，最后还是被迫签了一份责任保证书，感觉是有些丢面子了。昨天上午下午都有事，晚上又被覃大果老两口儿留下吃晚饭，因而一整天马达华都排得满满当当的，就没得空过来看望老岳父了。直到今早，他才直接开车过来，接老人家下楼。

“爸，路有点远，您想在哪个服务区下车休息，您就提前说一声。”马达华试探说。

江元中嗯了一声，打了个哈欠，说：“昨夜没睡好，有点困，又睡不着。唉，真的老喽。”

“那您就眯一下呗。”马达华建议说。

江元中没有马上应答，过了一会才开口说：“达华，这几天有两个事，我得跟你说一下，不过你不要跟江兰岚说啊。”

“我不会跟她说。您放心吧。”马达华说。

“我跟你说，我可能是碰到骗子了。有一个保健品公司，专门做富硒农产品的，他们说只要入股加入他们公司，就能享有几个好处。第一是年年有分红，每次分红保底得到本金的百分之十，如果经营得好，当年利润高，那还有浮动红利。第二呢，保证以低于市场价百分之四十购买到富硒农产品，比如大米、花生、黄豆、瓜果、蔬菜之类的。第三，以后产业做大了，还邀请股东免费参观公司农场，免费品尝公司产品。我想呢，钱存在银行也没这么高的利息，我就买了十股，一万元一股。有正式合同的，白纸黑字，还有大红公章。前年吧，第一年我分红得了一万两千块钱，去年得了一万，今年呢应该是七月初分红的，但是到现在也没见发。我去了公司，人家说搬走了，打电话也打不通。”江元中显得很无奈。

“他们不是有农场吗？”马达华说。

“我告诉你，这个农场呢，我们这帮股东都没去过，他们说距离有一百多公里，正在搞建设，还不方便接待。”江元中忿忿地说。

“按您这么说，这个公司肯定是骗子办的。你们应该去报案，让有关部门去查一查。”马达华建议说。

“派出所、市场监督管理局，我们都报了案。我认识一起参股的至少有三四十个人，还有更多。”江元中气咻咻地说，“问题是，当初他们搞宣传活动的时候，我在朝阳广场帮他们站台了。现在很多老人发现自己上当受骗了，就来骂我，指责我。你不懂的，这帮人骂人很恶毒的，说我是帮凶，是骗子，是王八蛋，是老土匪，是……是和骗子一伙的。你说，我听了很难受的，我参加革命工作几十年了，从来没人这么骂过我。”

“那当时，您都帮他们做了哪些宣传呢？”马达华问。

“我就拉了几个人，帮他们唱唱歌，拉拉马骨胡，吹吹芦笙。噢，我还帮他们编了一首保健山歌，说说硒对健康有哪些好处，这个没什么错吧?”江元中委屈地说。

“爸，您别生气。这个事您也是受害者，您也是受骗亏钱的一方，您不要理会他们怎么说。另外，您当时帮他们站台搞宣传，其实就相当于商演嘛，错不在您，是吧?”马达华说。

“问题是，我挨骗了十万块钱，还挨人家辱骂。我……我能咽得下这口气吗!”江元中挥舞着右手，仿佛是在指挥乐队。

马达华生怕老岳父控制不住情绪上火，点高了血压，急忙安慰说:“爸，您别生气，也别跟那些人一般见识。我们学校樊教授最近还挨电信诈骗骗了六十万呢，您这个算是小数目了。人家讲，失财消灾。人家还讲，祸福相依。说不定，您有什么好事要来了哩。”

江元中听了沉默片刻，忽然口气平缓地说:“嗨，老话说，是福不是祸，是祸躲不过。我有点尿急了，前面服务区停一下。”

从服务区出来，马达华顺便给汉兰达加满了油，两人继续上路。经过一番宣泄，江元中似乎也有些疲倦了，一上车就开始打瞌睡。马达华特意播放了一组轻音乐，调低音量，既给老人家催眠，又给自己提神。

好久没走这条高速了，原来的水泥路面变成了复合式路面。南宁到柳州桂林的路段，也由双向四车道拓宽成六车道。不管怎么说，现在开车的感受变得比以前舒适多了。行走在高等级的高速公路上，他不由得想起了即将开工的田西高速，想起了老家平用寨上的服务区。祖父说，他要等到高速公路通车，让他带他去一次昆明，去看看那个他当年赶马帮只听说而没到达过的地方。

然而，当马达华想起了老家以及家中几位老人的状况时，他的心情便又沉重起来。风烛残年的祖父、瘸腿的父亲和沉默少语的母亲，他们只能住在乡村里，相依为命，终老一生。这次回去，他曾经试图说服兄长马达发，让他搬回寨上去住，早晚可以照顾老人。但见到兄长一副病恹恹的样子，他就不敢向他开口。寨上虽说还有阿姑，不过她自己也老了，她还要为四鹏操心。将来若是四鹏有了孩子，她或许还要再辛苦好几年。现在，家里唯一比较松活的人就是自己了，比起阿公阿爹阿妈，他还算是个年轻人，更重要的是他还是他们的晚辈。和家里的老人们相比，自己还有一份养老金，即便不算宽裕也是衣食无忧。不过他也意识到，从今往后，这份养老金，这张社会保险卡，已经不再是属于自己一个人的了。

听到老岳父均匀的鼻息声，看到他疲惫不堪的样子，他又觉得，眼前的老人家虽说有钱，却似乎活得比老家的老人们还累。如果老岳父也没钱，抑或是钱少一点，他也许不会累成这个样子。因而他又得出一个结论，就是决定一个人快乐不快乐，活得累和不累的根本原因，不一定是钱多钱少，有钱或没有钱。

车过柳州时，江元中忽然用双手撕扯了一下安全带，然后猛然睁开眼，有些惊慌地看了看马达华。他似乎刚从梦中醒来，大声问道："到哪里了？"

"准备过柳州，服务区过了。"马达华说。

江元中舒了一口气："噢，到柳州了。以前呀，柳州人说刘三姐是柳州的，宜州人说是他们的，吵得不可开交。我就跟他们讲，民国以前，宜州曾经是柳州的，柳州也曾经是宜州的，其实你们是一家，不要争了。我还跟他们讲，刘三姐只是民间传说中的歌仙，不一定是具体的人物，她只是一个民歌符号而已。后来，他们也觉得有道理，就不吵架了。"

"哦，原来是这样，我以前只顾研究布洛陀，没有留意到刘三姐的身份问题。看来，神话传说中的人物，大抵上都差不多，都不一定是具体的人。"马达华似乎对这个学术问题又有了新的认知。

"说得对。哎，我们大概在哪里吃午饭呢？我都有点饿了。"江元中说，"早上本来想弄点东西吃的，后来东拣西拣，就顾不上肚子了。嗨，久不回去了，心里还是有点惶惶的。"

马达华从储物格里摸出一小瓶奶片，递给他说：“您先含两片骆驼奶片顶一下，我们要到桂林服务区吃米粉。”

江元中接过奶片，拈了两片塞进嘴里，说：“好嘛，其实柳州螺蛳粉也不错的。不过，我也好久没吃桂林米粉了。还是家乡的东西好吃啊，外面的都不正宗，不地道，没有那个味。”

“爸，刚才，您好像要跟我说两件事，您只说了一件，另外一件呢?”马达华忽然又来了兴趣。

江元中听了，忽然尴尬地笑了笑，说：“其实也不是什么事，我本来也不想说给你听的，不过，我又不晓得能跟谁聊这种事。不说出来吧，憋在心里也是有点郁闷的。说吧，又觉得这种事有点无聊，怕浪费你的时间。现在好了，我们都在车上，都有空闲，聊聊也没什么。”

“没事，有人说说话我也不会困，您就说吧。”马达华鼓励说。

原来，江元中在朝阳广场演奏乐器时，偶尔也跳跳舞，跳来跳去就认识了几个舞伴，其中一个舞伴是一家印刷厂的下岗女工小兰。她四十来岁，舞跳得好，节拍掌握得很到位，他跟她跳舞感觉很舒服。小兰人长得不错，以前是跑业务的，大大方方，嘴巴也乖巧。关键是她很善解人意，从来不向他提出什么要求，哪怕是买一束花、一件小礼物。后来，跳舞时间长了，他就开始约她吃了几次饭。再后来，她说她会做桂北菜，想弄几个菜给他尝尝。她还说，在外头吃饭又破费又不好吃。于是，她提议一起去菜市买些鱼肉，然后到他那里去做。他吃了她煮的菜，感觉味道不错，而且有一种家乡的味道。

后来，接触多了，他们就成了无话不谈的好朋友。他把自己的一切都告诉她，她也没对他隐瞒什么。他从她嘴里得知，她原本是个幸福的女人，嫁给了一个在海关工作的小伙子，后来又有了个宝贝儿子。可是命途多舛，她老公因涉及走私案被判了十五年徒刑，为了不妨碍她的生活，男人主动跟她离了婚。祸不单行，过不久，工厂因业务萎缩，不得不大规模裁员保厂，把一大批工人推到了社会。一个四十岁的女人，没有什么专业特长，要重新找个合适的工作谈何容易。但是为了孩子，她必须找到一份固定的工作，有一份固定的收入。然而，现实对于她来说，是多么的无情，她参加过无数次的招聘，都是没有什么声息。不得已她只能找一些零活儿干，比如卖保险，搞家政，干物业、钟点工、保姆，等等。再说了，一个这般年纪的女人，也不是说想再嫁就嫁得了的。不少好心人都愿意帮她介绍对象，但当对方知晓她的前夫在蹲监狱，而且还有一个儿子时，都打起了退堂鼓，不再跟她见面。她也找过婚介，但见过三个对象之后，便不敢再见那些来历不明的男人。有一次，她差点上了一个所谓资深教授的当。

那个自称是某高校引进人才的男子，请她喝酒吃饭之后，她就稀里糊涂地跟他进了酒店的房间。好在细心的大堂服务员看出了问题，让保安去敲开房门才把她从狼口中救了出来。

面对这样一个苦命的女人，他对她产生了好感，更多的是对她的同情。他想，既然他们这么聊得来，交个朋友也无妨，于是他们的关系就渐渐密切起来。但是，他没有想到，有一天有一个男人突然在他家楼下堵住了他们。男人自称是她前夫的亲戚，威胁他说他们想交往也可以，不过要他付一笔钱养她的孩子，直到大学毕业。他晓得这笔钱是个不小的数目，于是就当场拒绝了。那个人说，如果他不愿付这个钱，那就不允许他们来往。他后来问她，这是怎么回事，她表示自己并不认识那个男人。这件事令他非常苦恼，因为他不能肯定，那个男人和她是不是一伙的。如果继续跟她交往下去，说不定会发生什么样的危险；如果就这样放弃了，又有些心有不甘。毕竟，他很少碰到这么聊得来而且兴趣相投的女人。所以，他的内心很是纠结。其实，如果交往顺利，他也是愿意为她提供一些帮助的，包括给读高中的孩子交学费之类的。但是，出了这么个状况，他不晓得怎么办好。

马达华听了，不由得皱起了眉头，少顷，才说：“爸，这个女的是不是年龄小了一点呢?”

“我觉得，年龄倒不是问题。关键是，她并不嫌我年纪大嘛。”江元中说。

“这种事呢，还是要谨慎一点好。”他差点说出“色字头上一把刀”这句话了，后来又说：“难道，您没有感觉到她很主动吗？”

“嗨，男女之间交往，总是要有一方主动一点嘛。”江元中说。

“我总觉得，这个女人蛮有心机的。”马达华说。

“说她有心机或者说有心计，我都不反对。男女之间交往，谁敢说没有点心机？肯定都有，多少而已。”江元中说。

“问题是，她年纪比您小那么多，她这么想跟您交往，难道她不想图点什么吗？”马达华直指问题的要害。

“话不能这么说，我有才艺，又当过文艺兵，至少这两点也是有点吸引力的吧。你不懂的，在朝阳广场那里玩的，三教九流，什么样的人都有，有我这种背景的人很少很少。”江元中的音调突然高了起来。

马达华觉得，再聊下去可能会发生什么不愉快，影响心情。于是，他语气和缓地说：“爸，我们就事论事，依我分析，这个女的应该没有坏心眼，不过那个男的就不好说了。关键时刻他敢出来搅水，说明他们是认识的。所以，我建议，仅仅是建议啊，趁现在交往还不深，你们还是好合好散算了吧。”

江元中长叹一声，说：“好吧，我听你的。大丈夫拿得起放得下，何况，天涯何处无芳草？”

马达华忍俊不禁，差点笑出声来，说：“爸，这就对了。有些事情要及时止损，会止损的人才是高人。要不然，一步错了步步错。”

第十五章

中午吃了三两桂林米粉加卤蛋，马达华感觉肚子里充实多了。趁江元中往碗里加热汤的空闲，他打开了微信，跳出了覃大果的语音短信。

覃大果在微信上说，他打算筹划一个西塘派书法展，争取在区博物馆举办，人数在五至八人之间。所需费用预计十万左右，考虑通过AA制筹款，他已把他列入人选。他还认为，马达华之所以以前申请加入中国书协未获通过，主要是硬件少。他打算搞完展览，还要编一套书法丛书，每个书法家人手一册。这样，日后他再次申请加入中国书协，成功的概率就高多了。

他晓得，在书法领域自己只能算是一个爱好者，虽说加入了区书协，但也还算不上是个书法家。早年因为跟随覃大果，跟他学了一些字，临摹过几本字帖，尤其是他喜爱的王羲之的《兰亭序》。后来在学校内参加过几次书法展，受到一些好评。再后来，他就尝试参加一些外省市的邀请展，还参加了一些书法大赛，都取得了相当不错的成绩。当然，他也晓得，如果不给主办方比较高的报名费，其实他的作品屁都不是。然而，那些获奖证书对于不懂行的人来说，是多么耀眼的光环。但真正的书法家是不屑于参加这种活动的，尤其是他们成了“家”之后。

面对恩师的邀请，他没有马上给予准确的答复，只是说自己陪老岳父回桂北老家了，还在路上，顺便问候老师。这个事情确实让他有些为难：答应吧，至少得掏几万钞票才可能做得下来；不答应吧，恩师的面子往哪里搁？再说，恩师这么做，似乎也是为了西塘书派能够持续并提高影响力，更是为了像他这样的书法爱好者着想。更何况，老师早已是首府或者高校系统有名气的书法家，若是为了自己他也犯不着再花这个钱。

不过，马达华的犹豫不决还有其他原因。他以前曾经花钱出版过几本作品集，结果不仅受到江兰岚的讥笑，而且他最终也没能凭借这几本书加入中国作协，成为一个真正的作家。起初，他为了把多年发表的诗歌、散文和小说汇成集，在当地的出版社弄了一个书号，印成了一本小文集，名曰《脚印集》，印了千余册，前后花了三万余元，这个钱在二十世纪九十年代初也不是个小数目。不过让他安慰的是，有了这本作品集，他很快就有了加入区作协的条件。成为区作协会员后，他觉得稍微对得起中文系老师们的悉心培养了。但光这样还远远不够，为了实现更高的文学理想，他给自己定下了最终加入中国作协的目标。有高人告诉他，加入中国作协的条件至少要有两三本书。于是，他便把自己沉浸在文学的世界里，几乎利用所有的业余时间潜心创作，在报刊上频频发表作品。若干年后，他的诗集《仰望》和散文集《故乡的驮娘河》相继出版。后来，他又将参加老师的国家级课题所撰写的论文，和以往发表的论文一起，汇集成了一本论文集《神话传说与创世史诗的边界》。然而，当他信心满满地再次申请加入中国作协时，不料却被否掉了。第二次再申请也还是未获批准。这次意外的打击，几乎把他的文学梦击得粉身碎骨，让他在很长时间一蹶不振。后来又有高人鼓励他，搞文学创作不要有功利心，要把它当作精神的一种需要，是心灵的表达。他出版了几本书为什么不能被作协认可，可能是因为文学性有所欠缺，作品发表的层次低，还有可能因为他是自费出书，评审一眼就给识破了。高人还认为，他需要有大部头，有长篇小说，而且要在文艺类出版社出版，这样中国作协才会认可。高人就是高人，他听了有如醍醐灌顶，便暗暗下决心，一定要在有生之年，把长篇小说写出来。

相比较而言，桂北的交通条件比桂西北的要好得多。

下午一点多钟，他们就顺利到达G县。很显然，岳父并没有准备好回老家的礼物，早上上车时他只拎了一个背袋，腰上拴了一个腰包，这是一种相当简略的出行方式。马达华经常回农村老家，他深谙乡村的人情往来。若是一名访客，只需和访问的对象接触，那么他可以不用太讲究带多少礼物。要是去走亲戚，礼物自然是少不了的。若是长者回老家，那礼物方面就更要有一些讲究了。

这么想着，他就找了一个大商场，直接把车开到停车场停下来。然后让岳父坐在车里等候，自己一个人去商场采购。只花了十多分钟，他就拎了两大袋东西回来，放到后座上。刚打完电话的岳父像是刚刚发现他去买了东西，疑惑地问:“达华，你买了什么东西?”

马达华回到驾驶座位上，说:“我买了一些小礼物，一会到家了可能用得着的。”

“哎呀，不用买的呀。我告诉你，现在农村什么都不缺，不用破费的。”江元中说，“以前我买糖果饼干回去，没几个人爱吃，很奇怪的。”

“人家吃不吃再说，一点心意嘛。”说着他启动了汉兰达，又跟岳父问了他老家村庄的名字，汽车开始进入导航模式。

车子在街道上左右拐了几个路口，终于出了县城，开上了县道。

江元中指着前方一个大烟囱，说："走对路了，那个是老酒厂的烟囱。小小县城变化太大了，要不是有导航，我都不晓得该怎么走了。"

"爸，您到底有多久不回老家了？"马达华好奇地问。

"就是上回那次，南宁到桂林通高速公路的那一次，后来就没回来过。"江元中说。

马达华说："那次不算，您只到县城，没回老家呢。"

"如果那次不算，也有二十多年了。其实，我是怕走这条路了。"江元中沉吟一会，说："我以前在县城读过初中，没有钱交伙食费，每个星期都要走路回家，要油要米回来交给饭堂。你别看这么点路，走一趟都要花三四个小时。那时候没有鞋子穿，都是光脚板走路，晚上要睡觉了，才洗干净脚穿上木鞋上床。"

"农村的孩子，差不多都一样。我小时候也是到冷天了才有一双布鞋，只能在家里穿，出到外面做工都是光脚走路，上了初中才有胶鞋穿。"马达华感慨地说。

"这么说你还比我强多了。我们这边到冬天了经常下雪，我和我弟衣服都很单薄，两个人共一件棉衣，哪个出门了哪个穿。有时候两个人一起出门，我就只能让给他穿，太冷了就不停地跳脚，跳来跳去身上就热乎了。后来在中学跑步比赛，我连续三年都是第一名。"江元中说。

"爸，那您为什么不学体育跑田径呢？可惜了。"马达华问。

“实际上我并不喜欢体育，我更喜欢文艺，吹拉弹唱好玩啊。再说了，我身高都不到一米七，搞举重可能还可以。”江元中说。

岳父老家村子就在镇上旁边，小村依山傍水，一栋栋两三层高的楼房错落有致。或许是离开的时间太久了，江元中只记得老屋大概的位置，但他不敢肯定哪一间才是弟弟江元安的房子。在村巷里转了一阵子后，马达华干脆停下车，跑到一户人家去打听，原来下面那栋楼才是岳父弟弟江元安的家。

听说离家多年的江元中要回家，弟弟江元安家里早已经聚集了十多个亲戚。看见有车驶入院子，屋里的人都拥出门口。没等他下车，车旁就围满了人。江元安打开车门，把哥哥迎下车，兄弟俩先是握了握手，然后又忍不住紧紧相拥。

马达华赶紧熄火下车，急走过去和岳叔父握手寒暄，接着帮岳父把背包和两袋礼物拿下车，率先拎进屋里。他先撕开一包越南绿豆糕，给亲戚们都分发一小块，说是让大家尝尝外国的东西。大家都觉得稀奇，小心翼翼地剥开包装纸，然后轻轻放到嘴里，连连说好吃。接着他又撕开一条桂烟，给抽烟的人一一递烟。

一阵骚动过后，堂屋里就开始摆起了两张饭桌，接着各种菜肴陆续端上桌。桂北人喜欢吃的炖猪头骨、腊肉、醋血鸭、腊板鸭、啤酒鱼、辣椒炒肉、黄豆焖鱼仔、炒寡蛋、干笋等，把两张桌子都摆满了。

眼看开桌在即，江元中忽然把江元安叫到一边，跟他耳语了几句。江元安随即转身上楼，拿来一把香，抽出三支，用打火机点燃后交给江元中。只见他双手捧香，面朝神龛缓缓下跪，接着闭上双眼，口中念念有词，念毕，三鞠躬，才慢慢起身，将香插到香炉上。顿时，一缕青烟便在香炉上袅袅升起。

这时，江元安一声吆喝，男人们都围坐到主桌上。女人和小孩则坐到了旁边的副桌。看每个人的碗里都倒了酒和饮料，坐在江元中旁边的江元安站了起来，提高嗓门说："各位亲戚，今天我元中大哥时隔二十五年后回老家，他年纪这么大了，还回来跟亲人们见面，感谢祖宗保佑。现在请他端酒开桌。"

江元中激动得有些不知所措，他颤巍巍地站起来，声音喑哑地说："各位亲戚，我这个江家的不肖子孙今天回来了。难得你们看得起我元中，也难得给元安这个面子。实际上我1997年5月回来过一次，那时候高速公路刚通到桂林，我让女婿开车送我和老伴回到县城了，可是我没有脸面也没有勇气回来见你们。二十五年前，我妈走了以后，我就没有回过村子一次，都是元安和亲戚到南宁找我。我对不起大家。来，请大家端起碗，我敬大家一杯!”

说着，他从江元安手里接过酒碗，双手捧起，凑到唇边，张开嘴就缓慢地蠕动着喉结，将大半碗酒一气喝下。众人都被他的举止惊呆了。看得出来，他的内心确实是充满了痛苦和歉疚，他的道歉是诚恳的。当他把酒碗翻了个底朝天时，大伙都禁不住大声叫好。

马达华晓得，岳父一般是不会这样喝酒的，这并不关乎他的酒量，而关乎他的心情。他一时还不了解他喝这碗酒时心里有多疼痛，但他晓得，这碗酒下肚之后他的酒量也差不多了。他赶忙过去帮他舀了一碗汤，又叮嘱他先吃些菜，同时控制一下酒量，千万不能喝醉了。喝了这碗酒后，岳父也开始和大家聊起了家常，别人过来敬酒他也只是轻轻地小喝一点。见他这样，马达华便放下心来，继续埋头品尝美食。

广西虽说没有属于自己的菜系，但桂南和桂北的菜谱是有很大差异的。桂南临海，大多讲白话粤语，自然喜爱比较清淡的粤菜。桂北毗邻湖南贵州，因而广受湘菜川菜影响，普遍喜欢重口味，无菜不辣。马达华老家靠近云贵，自小就深受辣椒的熏陶，来到城市生活后仍然对辣味钟爱有加，因此面对一桌的桂北菜，他仿佛就像回到老家一样，无拘无束地吃着。

而江元中就不同了，他明显对老家正宗的乡宴怀有敬畏，尤其是那几个用红辣椒炒烩的肉菜。由于长时间离开家乡，他已经不太能吃辣了，好在还有几个菜是不怎么辣的，这让他少了一些尴尬。

不知不觉中，到马达华的身边敬酒的人逐渐密集起来。因为以前只来过一次，时间有些久远了，他已经基本上记不清来人是哪一个亲戚，更叫不出他们的名字。过来敬酒的人只好一边介绍自己，一边敬他一杯。虽说是自酿的重阳酒，但一轮下来，他就感到头脑有些昏沉了。然而，按照乡村礼仪，你喝了别人敬的酒，你就必须回敬人家，否则就是失礼。有道是来而不往非礼也。他大口喝了半碗猪头骨汤之后，便开始了艰难的巡回敬酒之旅。

马达华记不得自己是怎么躺到床上的，半夜他突然醒来，发现自己身上的衣服都没有脱下。他摸索着打开手机，启动照明功能，找到门边的房灯开关，摁亮了电灯。这时他才发现自己睡的是一张红椿木大床，床上铺着竹席，铺盖是一张薄被，一个绣花枕头。房间里有大衣柜，有写字桌，有电风扇和渔具。他晓得岳叔父有一儿一女，儿子在桂林工作，女儿嫁在镇上。基本上是二老自己守家，他们主要靠种植荔浦芋和柿子的收入维持日常家用，据说一年有四五万元收入。

他看了一下手机，此时才是午夜十二点多钟，他忽然感到口渴得厉害，便穿上拖鞋下楼。刚到楼梯口，他发现堂屋里还亮着灯，心想可能是岳叔父有意开长明灯，方便他和岳父起夜。他下到楼下时，却看见岳父和一个中年女人坐在火塘边，面对面低声说话。可能是听到有动静，岳父忽然提高了嗓门：“阿花，夜深了，你回去吧。”

女人依依不舍地站起来，一手拎着一个布袋，一手揩了一下眼窝，哽咽说：“叔，那我先回去了，您好好休息。”

目送着岳父送女人出门，他赶紧溜进卫生间，迫不及待地撒起尿来。夜里口渴尿多，显然是喝了不少酒，有些脱水了。接着，他又到神龛前的方桌上倒满了一杯凉开水，咕咕咕地仰脖喝了个底朝天。他看见大门还虚掩着，估计岳父还在院子里，但又不好打扰他，只好又上楼关门上床，拿起手机刷屏看新闻。

第二天早上，江元安夫妇早早就煮好了早饭，岳父已经到村里散步回来了。等马达华洗漱完毕，四个人围在一张小饭桌上开始吃饭。江元安坚持让岳父和马达华喝点酒，不料，岳父却宣布说：“不喝了，吃过早饭我们就回去了。”

江元安一脸惊诧：“哥，你不是说要住几天的吗？”

“不住了，那边还有点事。以后过年了，我再带老大老二他们一起回来。”岳父说。

第十六章

马达华晓得，岳父可能是急着回去筹办过寿的事。原来他的口风是说想住两三天的，可见又是发生了什么突发情况，使他作出了提前回程的决定。

尽管对兄长的决定感到唐突，甚至有些不快，江元安夫妇还是装了满满一纸箱柿饼，又装了一肥料袋荔浦芋，放到车尾厢里。马达华以为没什么东西了，只见江元安又抱来一个小酒缸，说是自己做的重阳酒，硬塞进车尾厢。

看着身体有些弯驼的弟弟和沧桑的弟媳，江元中忽然鼻子一酸，双眼潮湿地说："我们回去了，有空再去南宁耍啊。"

江元安也哽咽着说："哥，过年记得回来啊。"

江元中不忍心久留，转身跃上车，关上车门，边系安全带边说："走吧。"

马达华摁了一声喇叭，汉兰达缓缓驶出村巷，不一会便开上了公路。

和来时不一样，天空下起了稠密的细雨。马达华喜欢这种天气，虽说视线有点差，但开车不容易犯困。他发觉岳父的情绪不是很好，一直默默地盯着前方。于是打开了车载音响，试图缓和一下气氛，不料被岳父制止了。

“昨晚你看见的那个女的，是我的大女儿。”江元中幽幽地说。

“爸，您女儿？”马达华不由得瞪大眼睛，忍不住扭头瞟了岳父一眼。

“是的，以前在家时，我曾经有过一次婚姻。不过严格来讲，也不算是真正的婚姻。”江元中似乎在有意压抑内心的狂澜，仍然用平淡的声调说。

“爸，为什么这么说？”马达华掩饰不住好奇心，追问道。

“我妈解放前是湖南那边一个大地主的六姨太，生下了我和我弟弟元安。日本投降第二年，我那个地主老爸得重病死了。树倒猴子散，我妈就带我们两兄弟逃难到广西这边，改嫁到这个村上一户清贫人家。我后爹家姓江，我妈让我们两兄弟也跟着姓江，‘元’是江家的排辈。后来，我妈又生了三个小孩，两男一女，昨天来了两个，有一个送人了，至今去向不明。解放初期，因为我们家穷，所以被划成了贫农。来到江家后，我妈悄悄警告我们，不许说我们那边家的事情，就是打死也不能说。我妈去世后，这个秘密就只有我们兄弟俩晓得了。你不懂的，以前要是有人晓得我妈是地主老婆，不往死里打才怪呢！”江元中说。

“哦，原来是这样。那您那个女儿呢，怎么回事？”马达华问。

“我后爸人老实巴交，又没什么本事，我妈嫁过来以后，人口越来越多，吃饭都成问题。我十八岁那年，我妈帮我到邻村找了个人家，让我去做上门女婿。你不懂的，我们这边只有家境不好，没什么本事的男人才会去做上门女婿。我小时候爱搞点乐器，吹芦笙，拉二胡，还会做马骨胡和竹笛。我妈和后爸都觉得我贪玩，不务正业，一个呢，怕我带坏了弟妹，二个呢，看我不太顺眼吧。我不想再让我妈伤心，就心一横，去了人家那里。那家人也穷，我去上门时，他们只买了一床新棉被和一床蚊帐，床铺都是旧的，也没请什么人吃顿饭。那个女的比我大差不多有三岁，她有一种怪病，到晚上天黑了眼睛就看不清东西，农村人叫作鸡盲眼。我去上门大概有半年吧，村里有一个解放军同志回来探亲，他看见我能吹能拉，还会自己动手做民间乐器，就对我很欣赏，还问我愿意不愿意当文艺兵。我就说，我非常愿意，但是我已经来上门做人家老公了，不过是父母包办的，我没有办法。那个解放军就问我办结婚证没有，我说没有办。他又问我想不想解除婚姻，我说想。他就让我先去体检，要是合格了，其他问题由他来解决。后来我真的体检过关了，县武装部就帮我办理了新兵入伍手续。那个解放军同志经过多方了解，证实我是包办婚姻，也没有领过结婚证，就让我写了解除婚姻申请书，又带我去找了乡里和村里的干部，到女方家宣布我们的婚姻无效。”

“爸，那时候已经有婚姻法了吧？”马达华忍不住插话说。

江元中说：“有了，好像解放第二年就有了。那时候我也没有到结婚的年纪，何况我也不是完全自愿的。所以，于法于理我都可以要求解除婚约。我就是有点可怜女方，她哭哭啼啼地把我骂得狗血淋头。我说对不起了，向她的父母下跪，磕了三个头，然后我就离开了。后来我听说，我离开了几天之后，我妈才晓得我离婚去参军了，还哭了好几次。我也不晓得她是高兴还是伤心。我本来以为人一走就一了百了了。没想到，半年多之后，我们指导员，就是招我来部队文工团的那位解放军同志，他来找我说，老家那个女的怀孕了，而且准备生了。我当时就慌了，问他怎么办，他说只能让她生下来，让我以后适当给点钱，当作抚养费。后来她生了个女孩，就是昨天晚上来找我的那个。女孩生下来之后，我妈去看了几回，她还想把女孩接过来自己带，但人家不给。后来她长大读书了在供销社找了一份工作，嫁给了镇上一个小学老师，有了自己的家庭。我走了以后，她的妈妈终身不嫁，直到前两年才去世。我昨晚让我弟叫她来见面，给了她三万块钱，算是一点补偿吧。”

“爸，您也真的不容易啊。”马达华说。

“何止不容易！我跟你讲，当年如果没有指导员给我捂住，你岳母不闹翻天才怪呢。要不是他帮我两边摆平，我肯定也没有今天。哎呀，我们那个指导员真的是我生命中的贵人呀！”江元中感慨万千地说，“我跟你说，你晓得我为什么不想回老家了吧？我小时候没有感受到什么家庭温暖，后来又这么亏欠人家。我回来一次就难受一次，那我何必要回来呢。另外，我为什么要守这个秘密，主要是怕伤害到两个孩子，伤害到老伴。”江元中说。

“我这次回来之前，就跟我弟说一定要叫她过来见个面，不然以后谁晓得还有没有机会见面呢。我上次回来参加我妈葬礼，才和她第一次见面，我问她恨不恨我，她说不恨。她这么说了，我心头上压的那块石头才落了地。”

“爸，您要不要找个时间，带您大女儿出来大家互相认识一下？”马达华问。

“唉，还是不要让兰岚他们晓得了吧。你要先替我保密，等我哪天走了以后，你们爱怎么样都行。”江元中说。

“爸，您说的生辰八字拿到了没有啊？”马达华问。

“我弟早已经请人抄好了，八字这种东西也是很讲究的，一般人还不能抄，要找先生抄，否则会有麻烦。”江元中说。

“那您相信这种说法吗?”马达华问。

“半信半不信吧。”江元中说。

马达华问：“怎么讲?”

“这个，我告诉你，在乡下出生，或者在乡下生活的人，一般都有讲究，叫作入乡随俗。比如起房子、做寿、搞红白喜事，都要找先生算一算，找个良辰吉日，这样心里就踏实一些。我们在城市生活，就不用顾忌太多，你爱谁就跟谁结婚，你房子装修好了就搬进去，你想几时买车就几时买，其他不用考虑。我现在老了，现在回头来信点这个，主要还是心理问题。”江元中说。

马达华又问：“爸，那您把生辰八字和万年历对上了没有?”

“对了，不过当初我跟我妈逃难过来，都没得拿我和我弟的八字过来，后来只能根据我妈的记忆重新写，不一定准确。出来当兵时又没有得跟家里核实，所以只填了个大概。等下到哪个服务区休息，你帮我再看看吧。”江元中说。

这一趟回老家，江元中算是了却了两桩心事。首先是很多年没回去了，老家人老是说他忘本，他终于烧香对母亲说了声“对不起”，也跟亲戚们亲口说了“对不起”。另外，他终于基本确定了自己是属鼠的，出生年月日是1936

年10月10日，农历丙子年戊戌月乙丑日。

周六下午，马达华特意弄了几个拿手菜，把老岳父和儿女两个叫过来聚餐。五点，儿子马润生带着妻儿率先回来了。不一会，女儿马爱平一家三口和江元中也推门而入。小孙子和小外孙女久不见面，碰到一起就像一对小麻雀，叽叽喳喳地四处乱跑。这是马达华退休后第一次和儿孙们一起吃饭，满满的一桌人让他感到五味杂陈，既觉得自己有些功德圆满，又觉得自己确实老了。

刚上桌，马润生就将他一军，说："爸，您那几瓶'老茅'呢？今晚外公也在，最合适喝了。"

"还有茅台啊，开……开什么玩笑。"岳父也起哄起来。

本来他想开一瓶丹泉三十年蒙混过去的，不料被儿子当众起底。他只好打开酒柜，拿出一瓶2008年的茅台，小心翼翼地打开，慢慢地倒入酒盅。顿时，一股绵柔的酱香便在屋里弥漫开来。

"我也来一点。"江兰岚把酒杯递给马润生。

"既然开了瓶，我建议每个人都尝一点，争取喝完这瓶。"马达华说。

马润生俏皮地说："哎哟，别看老爸平时像只铁公鸡，今晚变得大方了耶。"

马达华晓得他话里有话，也不想反驳，他见每个大人都有了酒，两个小孩都倒了果汁之后，大声说："今晚是我退休后的第一次聚会，感谢老爸带我回老家看看。来，大家一起举杯，周末快乐！”

喝完杯中酒，马润生咂巴着嘴，扭头问江元中，说：“外公，您老家是不是很好玩，您为什么不带我们回去？人家都有乡愁，可是我没有啊。”

江元中讪笑：“外公以前在乡下愁坏了，不想回去了。以后让你老爸带你们去吧。”

趁着家庭聚会，江元中就正式告诉在场所有人，国庆节长假之后他要过八十一岁生日，具体时间地点到时通知，任何人不得请假。

江兰岚说：“爸，我们没有问题，我哥那边您要亲自告诉他才行。不然，他又找各种借口不参加。”

“我晓得。”江元中说。

马达华拎了几个柿饼和一个大荔浦芋来到校长楼，覃大果正在挥毫写字，高老师在厨房里忙活。

见他进来，覃大果仍然专注于运笔。他轻手轻脚地站到一边，待老师把最后一个字写完，才鼓掌道：“好字，好字！”

覃大果并未搭理他，继续屏住气息，写完最后一个字，才抬起头来，朝他笑嘻嘻地说：“怎么样，‘风雷激’这个‘激’字，我这样收笔是不是有点叛逆啊？”

“老师，叛逆也是一种创新。书法，书法，不仅讲究法，更要讲新。我觉得这幅字整体运笔和您之前的作品都有所不同，好字。”马达华评论说。

“我打算写几幅这种风格的，加上几幅狂草、几幅行书，基本上可以了。”覃大果得意地欣赏自己的作品，“好了，今天不写了。你拿那几个印过来，打上印就可以了。”

马达华从一个小酸枝木箱里，选择了三枚印章和一盒印泥，小心地用一小块宣纸擦拭干净，放到桌子边，打开了印泥盒，又用玉石镇尺将纸压住。覃大果先拣起一枚首章，蘸了印泥，轻轻地印在右上方，又拣起腰章盖在中部，再把自己的印章压在落款处。

连续盖完三幅，覃大果长舒了一口气，说：“怎么样，你老岳父回老家有什么事啊？”

“也没什么事，可能是想老家了，就回去看看。”马达华说，“他原来是想多住几天的，可是只住了一晚就回来了。”

“哎呀，可能老家是他的伤心之地哩。所以我一般都不想回老家，那里有一些令你伤心的东西，很容易触景生情，很没意思的。”覃大果说。

马达华笑说：“我没有您说的这种感觉，可能是因为家里老人还在吧，我觉得每次回家都有满满的动力，在路上甚至感觉不到累呢。”

“有你这种感觉真好。哎，等下在我这里吃晚饭吧？高老师正在煮呢。”覃大果说。

“我一会还要去打一下气排球，好久没锻炼了。我拿了点柿饼和荔浦芋过来给您和师母尝尝。”马达华来到客厅，把带来的柿饼拎过来，放到茶几上。

覃大果拣了一个捏在手里，朝厨房大喊：“高老师，高老师，你出来一下。”

高老师应声从厨房里出来，覃大果把手上的柿饼递给她，说：“你有口福了，这个柿饼是达华从桂北拿回来的。”

高老师接过去，刚要送到嘴上咬，覃大果赶忙制止说：“哎，哎，你先别咬，要把那些白的洗干净，把皮剥了再吃。”

马达华赶忙从厨房拿来一个大碗，倒进暖水，让高老师把手上的柿饼放下去泡洗，又帮覃大果泡了一个。

覃大果说：“我记得柿子是一种碱性的水果，有多种微量元素，是好东西啊。达华，你不吃一个吗？”

“我在那边吃多了，你们吃吧。”他说着刚要告别，不料被覃大果叫住了。

“你先别忙走。我前几天跟你说的那个事想得怎么样了？”

“哎哟，我都忘了这件事。您说是要办一次展，出一本作品集，是吧？”马达华明知故问。

覃大果点点头：“对，我说的就是这个事。我已经托人咨询了一下，展览馆没问题，只要我们作品准备好了，由他们那边安排装裱布展。出书的事我也联系了美术出版社，他们说明年可以安排选题。你这边，没什么问题吧？”

马达华听了面露难色：“老师，搞展览应该没问题，出书的话如果花钱太多，我就只能先暂缓了。我以前出那几本，已经花了不少钱，不瞒您说，我手头已经没多少积蓄了。”

“这样啊，你不能拖大家的后腿。出个集子估计也就三五万，如果你实在手头紧，我可以先帮你垫付嘛。”覃大果说，“出书这种事，过了这个村，以后不一定有那个店哦。你再认真考虑一下吧，关键时刻不能掉链子。”

“好的，老师，我再考虑考虑。”马达华说。

第十七章

距离国庆节还有几天，父亲马世龙就来电话告诉马达华，田西高速公路开工仪式已在寨子背后山上举行。他开三马仔上去看了，光鞭炮都响了十几分钟，热闹得很。

父亲还说，村里已经张贴公告，希望大家开始报名迁坟事宜，做好统计工作。不过很多人都还在观望，还在等待更多的补偿，报名并不积极。他告诉父亲，这件事已经没有太多回旋余地了，拖久了也不会有用，让他趁早去做好登记。

父亲还说，今年的中秋节刚好和国庆长假重叠，希望他能回去几天，他回去了家里才热闹，不然冷清清的。祖父现在胃口不错，他很想吃他做的酸菜鱼。马达华略算了一下时间，觉得回去住不了几天又要回来给老岳父过生日，来来往往的经济上也不划算，不如等到迁坟的时候再回去，这样可以住久一点。

马达华把想法和父亲说了，父亲似乎有些失望，说：“行吧，我只负责向你阿公解释，希望他老人家不要生你的气。”

虽说国庆中秋不得回去，但马达华还是买了三盒月饼，通过快递寄给大哥马达发，让他自己留下一盒，带给父亲和阿姑各一盒。

老家的高速公路终于开工建设了，这可是天大的好消息。他真的想喝两杯，好好庆祝一下，可是他打了几个电话，竟然没有一个人有空。他忽然想起了老同学阮江涛，于是拨了电话过去，对方很快就接上了。

“老同学，大校董，你好啊。在忙什么呢？”马达华率先发话。

那头，阮江涛说：“没忙什么，我在邕江边钓鱼呢。老同学，怎么样？有什么想法？”

“我忽然想喝两杯，可是找不到人陪呢。”马达华老老实实地说。

对方听了，忍不住哈哈大笑：“那算你找对人了，你先过来吧，我发个定位给你。”

“是跟你去江边钓鱼吗？”马达华问。

“是啊，你先过来看我钓鱼，现在收竿还早呢。”阮江涛说。

马达华将手机开启了导航模式，按照阮江涛给的地址开车过去。这几年，政府投入巨资，在邕江南北两岸搞了个美化工程，在江边修了步道，种上花草，植树成荫，装上灯饰，建成了七十公里江滨公园，供人们休闲娱乐。每天从早到晚，都有市民到江边跑步打球、散步垂钓。他早听说阮江涛是一个垂钓爱好者，不过今天不是周末，难道他今天不上班吗，怎么会在这个时候到江边钓鱼呢？

不到半个钟头，马达华就找到了江边的一个停车场，把车停好后，便朝江边走去。

他远远地就看见阮江涛斜躺在遮阳伞下，似乎是在对着手机说话。他不想打扰他，就径直走到岸边，提起一个绿色的鱼护，里边的两三条鱼猛烈地挣扎着。他仔细一看，其中有一条鲤鱼、一条鲢鱼和两条麦鲮，鲢鱼差不多有三斤大小，其余都是一斤左右。

他把鱼护又放入水里时，阮江涛才发现他来了，在后面佯装吆喝一声：“干什么，想偷鱼吗？”

马达华转身笑说：“阮老板，今天收获不错嘛。”

“嗨，还可以吧。钓鱼就是钓个心情，渔获是次要的。我的效率还不错，三根海竿钓了四条鱼，那边有人十条八条竿，渔获比我还惨。”阮江涛似乎兴致不错。

马达华有些疑惑地说：“哎，今天不是周末，现在又是上班时间，你这个大校董怎么会有闲心钓鱼呀？”

“别说了，昨天跟董事长吵了一架，今天老子心情不好，装病了。”阮江涛立马耷拉脑袋说，“他不懂教育，又不听校长的，也不听我的，老是想盲目扩张，什么都想咬一口。唉，这样搞下去，我们辛辛苦苦创办的高校就变得不伦不类了。”

“办高校定位确实重要，不过，你们不是有董事会吗，表决一下不就行了吗。”马达华说。

“嗨，我们五个董事，有两个跟屁虫对董事长言听计从，我只有一个同党，你说怎么搞？我虽然排第二，但是胳膊扭不过大腿啊！”阮江涛越说越憋屈，“我这个人你也了解，我不拥护的事情，我根本不想做。你看，他要搞人工智能，搞工匠专业，我说我们是搞外国语的，而且是搞东南亚语种的，他搞那个我们既不熟悉，又很难找得到师资，他硬是不听。”

“你那个董事长多大了？”马达华问。

“嗨，他比美国总统拜登小两岁，本来可以养老享福了的，他儿子前几年出国了，就把学校交给老头子管。他不懂高校教育，插手太深，观念又不行，又偏听偏信，搞得我很难受。”阮江涛大倒苦水。

“既然你心情这么不爽，不如我们找个地方搞两杯吧。”马达华说。

“好，我刚才投的饵料大概还有半个钟头，等料化完了就收竿。”阮江涛说。

忽然，一阵清脆的铃声传来。他们循声看去，只见中间的那根海竿在猛烈地摆动，阮江涛忽然神情紧张地快步跑过去，猛地提起鱼竿，边摇着渔轮边往后猛抽，嘴里大喊：“快，老马，抄网，快拿抄网。”

一阵紧张的博弈之后，一条六七斤的草鱼被抄上岸。这时阮江涛已经气喘吁吁，却又开心地笑说：“老马，你真是他妈的有福之人，刚来一会就中了大鱼，真是福星啊！”

马达华也异常兴奋，说：“今晚有酸菜鱼吃了，我建议可以收竿了，不能太贪。”

“好，听你的。我们找个地方好好搞一下。”阮江涛附和道。

马达华有些疑惑：“你那里不行吗，大别墅，地方宽。”

阮江涛摇头苦笑：“不好，我现在内外交困，和老婆基本上处于冷战状态。另找个地方吧，你家也行。”

“那就去覃老校长家，怎么样？”马达华问。

“都好。再叫两三个老同学过来聚一聚。”阮江涛说。

两个人收拾好渔具，然后先开车去阮江涛的别墅，等他把车开进库，接着把那四条稍小的鱼拿进厨房，只提着一个装草鱼的大塑料袋上了马达华的车。

等阮江涛上到副驾座位，马达华也和覃大果通了话，告诉他阮江涛钓到了大草鱼，让他通知几个校友过来一起热闹一下。覃大果听了自然很高兴。

回学校的路上，阮江涛继续大倒苦水。他告诉马达华，近段时间他连续遇到了两件棘手的事。他母亲原来住在他唯一的妹妹那里，帮妹妹把小孩从出生带到上高一。本来一起住得好好的，想不到妹夫越来越不像话了。整天找各种借口不回家吃饭，一时说加班，一时又是有应酬，平时也懒得跟老人搭话。后来有一次，他母亲拿东西去停车场放，发现他妹夫一个人竟然躲在车上吃盒饭。他母亲把这个发现跟他妹妹说了，他妹妹竟然说让他母亲不要说给别人听。他晓得情况后就火了，去把妹夫和妹妹痛骂了一顿。然而，这一骂非但情况没有改观，连他妹妹和孩子也同他母亲都不太说话了，这简直是对老人搞冷暴力。他母亲受不了，来找他诉苦后又说要来跟他们住，但是他这边的状态又不是很适合老人家过来。

当年妹妹结婚买房子钱不够，他帮掏了五十万，目的就是让母亲跟他们住，顺便帮他们带孩子。想不到，孩子大了他们就成白眼狼了。

马达华听了，分析说："这个事，很可能是你妹夫有问题，也可能你老妈也有问题。你应该详细了解一下情况，再有针对性地做工作，光批评一方可能不太合适。"

"关键是我妹，她应该知道是谁的问题，她就应该做协调的角色。现在她这样显然是站在她老公那一边了，我能不恼火吗?”阮江涛气咻咻地说。

“如果老妈在你妹家实在待不下，我建议你还是把老人家接过来一起住。有一种可能，你妹他们认为，你是儿子，又是成功人士，更应该担负老人的赡养责任，但是他们又不愿意直接跟你摊牌。”马达华继续分析说。

阮江涛沉默片刻，拍了拍脑袋，叹气说：“也可能你说的是对的，我怎么没往这方面想呢。我老是强调自己这边的困难，没有站在那边想问题。唉，我也是整天跟学校那个老头子斗法，家事想得确实是少了。”

“有时候，其实换位思考可以解决很多问题。”马达华说，“你说你老婆这边又是怎么回事？说来听听。”

“我老婆是独女，可能你不懂。我当年和她谈恋爱的时候，她开出的条件，就是她的父母亲要由我养老送终，我当时就答应了，还向她发过誓。我们结婚那时候，岳父在一个乡镇企业当领导，岳母从农村出来的，没有固定工作，就在学校旁边开了个小卖部，有点小收入。那时候，我也没想到我这种人会有发达的一天，以为就当一辈子中学老师。后来有了资金，我就野心膨胀了，就到首府来办学了。”阮江涛顿了一下，停下来接了一个电话。

马达华想，真的是每个人都有自己的难处，像阮江涛这样的有钱人，也会有自己的烦恼。看来烦恼这东西，不管是谁，也一样躲不开，逃不掉。

“不好意思啊，又是学校那些破事，都是老头子扩张太快的恶果，我们几个副手整天疲于奔命都忙不到头。唉，还是你幸福啊。”阮江涛说。

“哎，你怎么晓得我幸福了？”马达华说，“家家都有一本难念的经，这句话简直就是真理。我也有我的难处，只是你不了解而已。有时候想，每个人都会有自己的难处，要是都没有难处，要我们男人做什么？”

“还是你厉害，看得开，正能量。我呀，碰上问题了只想躲避，只想去钓鱼。哈哈。”阮江涛自嘲道。

“你刚才说的你岳父母和你老婆怎么了？”马达华感觉自己像个狗仔，总是穷追不舍。

“嗨，也算不上是什么大事。那两个‘奇葩’老人，别的什么都还好，就是爱到处去捡破烂儿。什么旧纸箱、旧报刊、烂电器、旧塑料、废铜烂铁、旧玻璃瓶，什么人家丢弃的旧家具，甚至旧衣服……哎呀，什么旧玩意儿破玩意儿都往家里搬，往家里拣。拿回来吭哧吭哧拆解后，又一车一车地拿去卖。我们那里是高档住宅小区，这样干很丢人的啊。物业天天来找他们，来跟我告状。我也说了无数次，他们硬是不愿意听，更不愿改。我多次跟老婆说了，老婆干脆甩锅给我，由我全权处理。为了这件事，我和老婆不懂吵了多少回。哎呀。”阮江涛无奈地又一声苦笑。

“我问你一句，两个老人家钱够花吗？”马达华问。

“老岳父退休金每月有四五千，我们每个月给每个人一千块零花钱，买米买菜都是我们开支。你说，他们应该不会缺钱吧。当然，说够不够花这也要有个度吧，几千块有几千块的花法，几万块有几万块的花法。是吧。据我所知，他们老家那边也没什么人需要接济了，他们挣这点钱能干什么呢？”阮江涛说。

“很多人老了以后，无所事事，不晓得干什么好。想来想去就去捡垃圾收破烂儿，捡来捡去就上瘾了。久而久之，就成了一种爱好，一种病态。”马达华分析说。

“对，对，老马，你太有才了。”阮江涛赞叹说，“前几天，因为我强烈反对，他们受不了，老两口儿居然搬去江边桥洞去搭棚子住了，继续收破烂捡垃圾，后来又被城管遣送回来了。”

马达华哈哈大笑说：“没有吧，你瞎掰的吧？”

“我有空跟你瞎掰吗？我的脸都丢尽了，为这个老婆也跟我冷战，搞得我里外不是人了。”阮江涛愤愤地说。

下午五点半钟，他们来到校长楼前。阮江涛跟覃大果高老师寒暄之后，提着大草鱼进了厨房。马达华说要先把车开回家，顺便买两包酸菜鱼料过来。

过完国庆中秋长假，马达华就给岳父江元中打电话，询问寿宴的准备情况。其中涉及经费、订酒楼、菜谱、请哪些人、蛋糕和酒水等事宜，江元中告诉他，所有的事项他都安排好了，到时候他们来人就行了。马达华听了还是有些不放心，因为老人搞寿宴规模不同，可大可小。不同的地域有不同的讲究，要是在乡村，做寿则更为讲究。有的地方办寿宴，都要宴请全村寨的老小，有严格繁多的仪式和规矩。如果办砸了则会闹笑话，受到乡邻的嘲讽。不过他想，岳父不是那种因循守旧的人，他一定会按照城里的时尚和方式，来办一个自己满意的寿宴。

然而，马达华和江兰岚在封红包问题上还是发生了争执。老岳父过生日，作为子女的怎么样也应该封个红包。但是封多少合适，他认为应该给一个比较恰当的数额，于是先跟她商量商量。

封红包这种于宋元时期开始在民间盛行的风俗，一直很让人头疼。给多给少，给什么样的数额都颇为讲究。因此，他需要征求一下她的意见，免得造成不必要的龃龉。另一方面，他觉得她是寿星的女儿，从亲缘关系上讲，她比他与寿星更亲，让她拿意见更为合适。

“老马，你是人家女婿，红包该封多少钱还用问我吗？我告诉你，不要把事情复杂化了，亏你还当过工会领导呢。”江兰岚揶揄说。

“因为你是人家的亲女儿，所以我才会问你该封多少钱合适。你怎么是这种态度呢，真是奇怪了。”马达华反驳道。

“我告诉你，你爱封多少就封多少，不要再问我，好吧。”她说。

马达华装着服软，试探说：“好，好，好。那我就做这个主了，装一个八八八的，好听，又时髦。”

她一听又不乐意了，乜斜着眼看他，说：“我爸几十年没办过生日宴，你这点钱是想打发小孩子啊。”

“那就，再加一个八？”马达华朝她投去征询的目光。

“老马，你是不是刚捡得金子了？”她撇嘴说。

“要不，你打个电话问一下，看江继军同志他们封多少，他是你哥，我们要尊重他的意见，不能冒进。”马达华试图缓和气氛。

“要问谁你自己问。反正，我个人自己订了礼物，跟你没关系。”她说。

马达华松了一口气：“你早说啊。那我也自己封了，参照你的意见，以我的经济实力，就封一个一八八八的。”

“为什么不是九？八八你不觉得俗吗？”她又说。

“好，好，好，那就一九九九。”他点头哈腰地说。

落实了封红包的数额，马达华又分别给儿子和女儿发了微信，让他们各人自己封个红包，意思意思就行。

第十八章

尽管岳父江元中通知的时间是10月10号下午六点钟，马达华还是提早一个小时到达酒楼，一个服务员迈着模特般的步伐把他带到“寿乡”包厢。

这是一个大包厢，里边摆了一个主桌和两个副桌，桌面上已经摆好了餐具。朝东的墙壁上挂了一幅大红布，中间是一个黄色繁体“寿”字，两侧分别是竖排“福如东海”和“寿比南山”。

他让服务员把菜单拿过来给他过目。已经预先点了十道大菜，分别是巴马长寿汤、环江烤香猪、荔浦芋扣肉、白切西林麻鸭、白切三黄鸡、都安山羊扣、清蒸鳜鱼、钦州海虾、贺州豆腐圆和拼盘时蔬。酒是自带的重阳酒。服务员告诉他，酒楼还为寿星准备了长寿面和蛋糕，如还有什么要求尽管提，店家会做好服务。显然，这个酒家应该是从事婚庆宴会的专门餐厅，他不得不赞叹消费产业链已经细分得这么细致。

他细数了一遍三张桌子的座位，主桌是十三个，两张副桌各十个。他问服务员为什么是三十三个座位，而不是别的数字。服务员说，江先生在订桌的时候说有三十个人左右，我们就给他摆了三十三个座位，意为“生生”，三是生，六是顺，八是发，九是久，每个数字都有不同的含意，过生日的人选择“三”这个数字非常吉祥。

一个服务员都能把吃饭的座位说得一套一套的，马达华不得不佩服酒家的经营之道。还没有到预定的时间，他顺便四处看看。这个叫“鸿运阁”的酒楼，光是像“寿乡”这样的包厢就有十余个，宴会大厅目测能安排五六十桌，是一个名副其实的百桌宴餐厅。不知从什么时候起，宴会成了人们社交的舞台，无论红事白事，都喜欢宴请亲朋好友一起举杯相聚。

眼看餐厅里陆续有客人进来，他也不好再四处溜达，便回到包厢，叫了壶茶，独自坐下来刷手机。这几天最热闹的微信群是老乡群，新消息新段子比较多，田西高速开工，成为老乡们最感兴趣的话题。有网友说，高速开工后，近段时间小小的县城一下子涌进几千辆各类汽车，数千名工人驻扎在施工沿线，农副产品价格迅速飙升，牛肉从一斤三十八块涨到五十五块，很多东西都吃不起了。他立马给岑建福和黄县长发了微信，认为未来两三年内，随着高速公路施工逐渐进入高潮，县内的畜禽肉类和蔬菜类需求将成倍增加，县里应该着手建立养殖和种植基地，组织农户大力发展相关产业。两人都迅速给了他回复，黄县长说多谢提醒，岑建福说下回在县城吃不起饭就到平用吃，让他告知家里老人多多搞种养。他看了不禁哑然失笑。

在江兰岚和马爱平母女的陪同下，岳父梳了个大背头，上穿暗红色丝绸唐装，下穿黑布宽裆裤子，脚踏新皮鞋，满面红光地进入包厢。这时，他身后也陆续有一些亲友跟着进来，大家忙着握手寒暄，原先宽敞的包厢骤然变得拥挤起来。

马达华立刻一边喊服务员上茶，一边大声招呼大家找位置坐下来。

江元中向他招招手，示意他过去。他快步赶到他旁边，将耳朵凑到他嘴边。岳父告诉他，他请了两个老战友和几个公司老板，要安排坐主桌。此外，他和马继军江兰岚也坐主桌作陪，其他亲友则坐另外两桌。寿宴六点整正式开始，酒家有专门的司仪主持。说着他从口袋里拿出一张粉红纸交给马达华，让他一会交给司仪。他接过来一看，工整的毛笔字写着主桌就座的嘉宾名单，包括姓名、单位和职务。

他先把认识的家人招呼到左边的副桌上坐下，又把请来的客人安排到右边桌。不一会，岳父的两名老战友也在家人的陪同下，分别坐到他的左右两边。还有几分钟就到六点，但大儿子江继军夫妇还没见到，岳父有些着急，大声说：“兰岚，你打电话催一下，问你哥嫂到哪里了。”

江兰岚马上拿起手机，出到门外给江继军打电话，片刻转回父亲身边，低声说：“快到了。”

当江继军夫妇急匆匆进门一落座，马达华立马朝女司仪点了一下头。女司仪立刻绽起笑脸，操起麦克风大声说：“尊敬的各位嘉宾、各位亲友，晚上好！今天是个吉祥的日子，我们尊敬的江元中先生八十一寿辰之日。值此喜庆日子，我谨代表鸿运阁酒楼潘总经理和全体员工，向我们敬爱的寿星江先生，表示最诚挚的祝贺。”

江元中站起来微笑着向大家抱拳作揖，包厢里响起了一阵热烈的掌声。

“下面，请允许我介绍今晚出席寿宴的各位主要嘉宾和亲友。他们是原军区文工团副团长张浩先生和夫人、原军区文工团著名作词家吕长军先生和夫人、中韩合资磁疗公司朴总、东亚玄武保健南宁公司刚夫老总、桂台康复连锁机构陈总、中国人寿保险刘经理、工商银行廖经理、爱心药店李店长、陈宁护发养发连锁石经理、柏牙口腔黄经理、猫眼眼科医院侯主任、春之声助听器品牌刘先生、灵山陵园孙经理，以及江先生儿子江继军先生和夫人、女儿江兰岚女士和家人、江先生的亲友晚辈们。欢迎大家莅临。”

众人再次热烈鼓掌。

“现在，请大家给寿星献寿礼，为寿星祝寿。请主桌嘉宾顺时针先上。”

司仪话音刚落，坐在江元中右边的老战友张浩，从身边的夫人手中接过红包，笑吟吟地递给他，说：“老战友生日快乐呵，好像又老了一岁。”

吕长军也从衣袋里掏出一个红包，双手递给江元中，笑说：“万寿无疆，永远健康！”

接着是一个外国腔的女嘉宾站起来，扭着腰身，拿着一个红包，笑容灿烂地说：“嗷哟，我的欧巴，生日快乐！”

一个日本人模样的男子上来就深鞠一躬：“阿爸，你的快乐。”

…………

献礼环节完毕，司仪大声吆喝：“现在，寿宴开始，请上菜。祝寿星和各位用餐愉快。”

席间，马达华趁众人给岳父敬酒的间隙，把江兰岚叫到门外，问她说：“老婆，你去问一下，今晚是谁买单。”

江兰岚拉着脸说：“你瞎操心什么呢，老爸订的厢当然是他买了。这个时候他不买单，让他留钱去搞传销啊。”

他讨了个没趣，不死心又把马爱平叫出来，说：“女儿，你去服务台询问一下，寿乡包厢怎么买单，问他们有没有折扣优惠什么的。”

马爱平应声而去。他站在包厢门外，听着屋里屋外的嘈杂声，心情忽然变得有些凌乱起来。他完全没有想到，像岳父这样一个普普通通的退休老人，竟然被各种机构围成这个样子，他这只肥羊能抵挡得住吗？

女儿很快就回到他身边，蹙着眉头说：“爸，他们说外公早就买单了，这是包厢的第二档套餐，九千九百九十九元，第一档是一万三千三百三十三元，他们会送个大蛋糕，送果盘。其他没有了。”

“三桌饭要一万块钱，都是家常菜。这不是坑人吗？”他瞪大眼睛嚷起来。

女儿用手指竖在嘴唇上，说：“你小声点，人家这是营销策略，搞品牌销售，卖概念。”

“他奶奶的，吃个饭也套路那么深，还让不让人活了。”他愤愤地说。

正说着，内兄江继军出来了。看见父女俩在门外站着说话，他有些惊诧，说：“你们在外面嘀咕什么？”

“没什么，哥，你怎么出来了？”马达华试探着问。

江继军没回答他，转而皱眉问道：“爱平，你外公净请这些牛鬼蛇神来干什么？太坏胃口了。”

马爱平说：“舅爷，我也不晓得呀，我外公的朋友圈很奇葩哦。”

江继军用手推了推鼻梁上的眼镜，面朝马达华说：“听说你提前退休了？”

“是啊，以前填错年龄了。人家只按档案算，不按户口身份证。”马达华说。

“退休好啊，我也快了。退了以后，我要到北海涠洲岛去住他半年几个月，钓鱼，晒太阳，吃海鲜。嘿嘿。”江继军阴阳怪气地说，“你们继续，我去外面吃一碗老友粉。”

马达华平时和江继军接触不多，也很少聊天，偶尔见个面也没什么共同语言。他偶尔从妻子和岳父那里听到一些关于他的消息，但都只是一些皮毛。

刚过八点，寿乡包厢里逐渐冷清，参加寿宴的人群只剩下寥寥数人。江兰岚和江爱平忙着打包，马达华在清点收拾东西。江元中在座位上坐着，显然有些不愉快。

“老大这个人，枉费是个厅官，一点礼貌都没有，也不给我面子。你看看，吃到一半他就溜了。我跟你讲，这种人迟早是会栽跟头的。”江元中表情愠怒地说。

“外公，我舅爷他也许不是故意的，您请那些人来，他一个都不熟悉，您说他不难受吗？”马爱平说。

“他有什么难受啊，你爸不是也还在吗，还有你妈呢！他这个明显是态度问题嘛。”江元中越说声音越大，“你说那些人怎么啦，人家有韩国的、日本的，还有台湾的、香港的，都是大老板。跟他们吃饭丢他面子了吗？”

“哎哟，老爸，我哥这个人你又不是不知道，他从小就是这样被你们惯的。”江兰岚说。

“不管怎么说，他这是故意让我难堪，故意让我不高兴。忤逆不孝啊。”江元中还是怒火难平。

“外公，今天是您的生日，您应该高兴嘛。”马爱平走过去拍了拍江元中的肩膀，娇嗔地说，“您不要生气哦，生气了会伤身体的。”

沉默一会，江元中脸上才挤出一丝微笑：“好，好，我不生气，我不计较。好吧。”

“这就对了。外公，您笑一个，笑一个嘛。”马爱平又摇了摇他的肩膀。

经她这番哄劝，江元中脸上即刻雨过天晴，扑哧一声笑了起来。老人的笑声把江兰岚和马达华一时都搞蒙了。不一会，两人也跟着嘿嘿地笑了起来。

一家三口把老人家送到家，他似乎还意犹未尽，忽然对江兰岚说：“兰岚，你们母女俩去帮我热两个菜，煮点面，我刚才还没好好吃喝呢。我要跟达华再好好搞两杯。”

“好，时间还早呢。我刚才也没有好好吃点东西，有些饿了。”马达华附和说。

江兰岚从打包的剩菜中拣了麻鸭、三黄鸡和香猪出来，拎进厨房。马爱平拿来抹布把饭桌擦干净，摆上四副碗筷和酒杯。

“外公，我也想敬您两杯。”马爱平妩媚地朝江元中笑说。

“好，好，有爱平在外公就开心了。”江元中说，“你等下要个代驾哦。”

“您放心。”马爱平说，“外公，我们开瓶红酒吧？”

“你定，你自己去酒柜选，外公今天高兴。”江元中说。

不一会工夫，几个热菜就端上桌，酒也开好了。江元中洗了一把脸，梳了头，顿时精神了许多，直接坐到饭桌前，对着厨房喊：“兰岚，还有什么？”

“还在准备煮面，水差不多开了。”江兰岚应道。

“你先过来，举个杯。”

江兰岚不敢怠慢，赶紧回到桌边坐下来。江元中举起酒杯，说：“来，感谢女儿女婿，感谢爱平。什么叫关键时刻见真情，今天晚上我真实看到了。因为有儿女子孙和亲戚朋友的陪伴，我感受到了什么是爱，什么是幸福。所以，我感谢你们。来吧，一起干杯。”

四个杯子一阵叮当碰撞，杯中的酒也瞬间下肚。

“爱平，第二杯，我们一起祝外公生日快乐。你唱一下《生日歌》吧。”马达华建议说。

马爱平应声站了起来，瞬间现出了童真，边挥舞双手边唱道：“祝你生日快乐，祝你生日快乐，祝你天天快乐，祝你永远快乐……”随着歌声，三个人不停地跟着节奏拍着双手。拍着拍着，忽然有泪珠滚出了寿星的双眼。

唱毕，马爱平不由得惊呼：“哎哟哟，外公，您怎么又哭了呢？”

江元中忽然举起杯：“外公高兴，干杯。”

四个人喝了几个回合，一瓶红酒就见底了。江元中和马达华还想叫马爱平开一瓶，被江兰岚呵止了。她上了一大钵面，一一分到小碗里，叫大家一起吃了。

趁马爱平收拾碗筷的空闲，马达华当着江兰岚的面，说了一句憋了很长时间的话：“爸，我有个建议，您都这个年纪了，自己一个人住越来越不方便。您是否考虑一下，搬到学校和我们一起住，早晚好有个照应。”

说完他瞅了一眼江兰岚的反应，感觉她是平静的，看不出赞同还是反对。

江元中沉思片刻，降低声调说：“达华，你说的这个事我也有考虑过。你们那里，继军那里，我去哪里都行。不过，你们也晓得，我这个人喜欢热闹，又喜欢独来独往，我现在身体状况还可以。我想呢，目前我还是一个人住比较好。”

“爸，要不我们安一个摄像头，随时可以观察您的起居情况。”江兰岚建议说。

江元中听了，连连摆手说：“不，不，不，这个不行。难道要把我当成监狱里的犯人吗？你们听我讲，虽说是老家伙了，但我也是有点隐私的吧？”

马达华笑说："老爸说的也没错，我们总不能搞监控吧，那可是侵犯人权的。"

江兰岚瞪了他一眼："哎，你这不是挑拨离间吗？我觉得这样做是对老爸好，对于老年父母，子女必要的知情权也是应该有的吧？"

江元中说："你们听我说，都别争了，如果到了那一步，我会自己装的。我现在还行，暂时还不需要安这个东西。"

"爸，既然这样，那我们就放心了。我建议您还是要少交那些乱七八糟的老板朋友了，他们都是盯着您的钱包才跟您交往的。"江兰岚说。

"这个我晓得，我也不是随便就可以被别人搞定的人。俗话说，多一个朋友，多一条路，朋友多了路好走。你们放心吧。"江元中说，"你们都在这里，我有一个愿望，希望你们能够帮我实现。"

江兰岚警觉地问："什么愿望？"

"我想在有生之年，去一趟南岳衡山烧个香，人家说很灵的。然后去一次黄山，那里的风景美绝了，我想去看看。如果有可能，我还想去看乐山大佛，爬一下峨眉山。"江元中热切的目光最后落在马达华的脸上。

"这个你们两个自己聊，我看我可以回家了。"江兰岚心不在焉地说。

马达华觉得这是一个绕不开的话题，就以谨慎的口吻说："爸，您说的这个事，其实也不是什么大事。只是我觉得，去那些地方路途遥远不说，而且花费也不会少。我就担心您身体扛不住呢。"

"我跟你说，我身体还硬朗呢。有人说，七十不留宿，八十不出门，那都是扯淡。"江元中哼了一声说，"你说的那个费用，也不是问题。一万够不够？不够就两万嘛。"

"爸，这个事您让我先考虑一下，先做一个攻略，然后我再向您汇报吧。"马达华说。

"好吧。不过我希望能够在冬天之前成行，天冷了那边下雪不好爬山。"江元中舒了一口气。

打的回来的路上，江兰岚一言不发。下了车，她才埋怨说："老马，你这人怎么这样，你刚才就应该让我爸断了那个念头，不应该让他有这种想法。"

"我其实也是在劝他，只不过我的方式比较委婉，难道你听不出来吗？"马达华有点不服气。

"都这把年纪了，还想去这山那山，万一他有个三长两短，你说怎么办？"她说。

"你也听见了，老爸说这是他余生的一个愿望，难道我们就忍心阻止他实现吗？我做不到。"马达华说，"要是我们真的阻止他，他脾气一来，怎么办？"

"我就搞不懂了，人老了怎么会这样，越来越任性，越来越自负，越来越听不进晚辈的话。我都无语了。”她还是不依不饶。

“唉，以后我们也都是这样的，别怨了。”马达华说。

第十九章

就像是商量好了一样，父亲和四鹏又来电话催马达华回老家了。

父亲说，高速公路服务区即将开工建设，政府要求半个月内把区域内所有的坟墓全部迁出，否则将采取强制措施。父亲认为，迁坟的事宜早不宜迟，还是先动手为好。他还说他已经找好了日子，就等他回去。

四鹏告诉他，他的大喜日子已经敲定，希望他这个表哥能够到场喝两杯喜酒。四鹏是他们这代人最后一个完婚的，好不容易要“脱单”了，作为老表，到现场喝杯喜酒的面子一定要给，不能缺席。

他想不到，他刚回到寨子还没进家就跟邻居吵了一架。他本以为邻居起房子时，占用通道堆放的建筑材料用完了，他就可以把车开到家里院子了。然而，新房虽然完成了主体工程，但通道上依然堆放不少杂物，他的车还是没法通过。

他下了车就去质问主人家，为什么房子起得差不多了，还不清理一下道路上的材料。不料，一个中年人却硬邦邦地说，他家门前也是他家的，他爱堆什么就堆什么，别人管不着。通道已经能走三马仔了，不能再让路了。

他晓得这个男人是前几年从贵州过来上门的女婿，邻家老一辈人都仙逝了，来了这么一个蛮不讲理的。这个地方以前本来是他们家的马厩，当年邻家分家没地方住，就来求祖父和父亲让地给他们起房子。老人家念及都是乡里乡亲，后来也没养马了，闲着的地也是闲着，更何况这里是寨上的最高处，一家人独居也有些孤零零的，所以就爽快地同意了。想不到，老一辈人走了以后，后辈人竟然如此恩将仇报，忘恩负义。

他不得不先把包拎回家，再转回来把车开到上次那个老地方去停放。

后来马世龙告诉他，邻居家的贵州女婿和他结仇了。前些年邻居家姐弟俩分家，谁来赡养老母亲成了难题，于是两个人就来求助父亲帮忙。父亲就给他们出主意，既然谁都怕吃亏，不想让母亲一起住，那就干脆让他们抓阄儿来决断。当时姐弟俩都认同这是一个公正解决问题的办法。后来是姐姐抓到了，因此引起了女婿的不满，从此他也对马世龙心生芥蒂。他故意在路上堆积建筑材料，为难马家人出入，也是出于报复。俗话说远亲不如近邻，马达华觉得，如果是因为这样的原因让两家人结怨，实在是太不应该了，得找个时间去跟这个贵州女婿好好谈谈。

见马达华回家，母亲笑说：“怪不得今早上灶火老是笑呵呵的，原来是老二回来了。你回来就好了，不然我都不晓得今晚做什么菜了。”

“妈，我没得买什么菜回来呢，要不我转回县城去买吧。”马达华说。

母亲连忙摆手：“不用买，楼上还有一条腊猪尾巴，你阿爹说要留到你回来才吃。我一下去割下来烧了，今晚炖黄豆。”

母亲说的猪尾巴其实不是一条猪尾，而是一块乌龟形状的猪屁股肉。杀年猪时，故意留了一块海碗般大小的带皮肉块，连同猪尾巴一起腊了，一般要留到年尾近腊月了才吃。

看见孙子又回来了，祖父马成虎脸上现出欣喜之色。他笑眯眯地指着背脊，大声说：“老二，先帮阿公抓痒痒。”

他凑到祖父跟前，说：“阿公，我还是先煮热水，给您洗个大澡吧。”

祖父乐了：“要得嘛，要得嘛。”

还没有到煮晚饭时间，母亲听说祖父要洗澡，赶忙抱了一把细柴到厨房，帮马达华生了火，往大锅头里放了三桶水，又放了一把千斤拔鸡血藤桑叶首乌藤之类的中草药和米酒。其实卫生间里已经安装了电热水器，不过祖父不习惯淋浴，非要泡澡。很多年前马世龙就帮他留了一个打谷槽，每次洗澡都往谷槽里加热药水，让他整个人赤身裸体泡在水里，然后再用丝瓜瓤帮他浑身上下反复地搓洗。每次泡澡，从祖父身上搓出来的老泥，足足把水面都覆盖了厚厚的一层。打谷槽是用来打稻谷的，一般都是独木挖空而成，类似独木舟，只不过长度稍短，只比一根扁担长一点。

一般来说，祖父每搓一次澡往往能够止痒三个月左右，不过父亲说这个时效愈来愈短了。有时候一两个月他就嚷嚷身上痒了。

晚上吃饭的时候，阿姑和姑丈四鹏都来了，饭桌上少了马达发，大家都有些空落。父亲说老大快要成废人了，血压血糖血脂都高，喝不得酒了。

“我上次回来，他还没这么严重嘛，是不是用错药了。”马达华觉得有些蹊跷。

父亲说：“现在的人吃的东西太多了，老大以前一个人能喝十几瓶啤酒，比一匹马喝得还多，不撑死都算好了。”

饭桌上，一家人商定好了这些天要优先办的大事，一致商定先把四鹏的婚礼办好，然后再着手迁坟事宜。

夜里，马达华先把祖父哄上了床，又把父亲叫到屋外。

“爹，阿公现在怎么穿尿不湿了？”

“嗨，这段时间，他经常漏尿，裤裆里面经常是湿的。我就喊老大买纸尿裤来给他穿，老大说这种裤子蛮贵的，他说以后让你买咯。”父亲说。

“这么说，阿公这是小便失禁了，过两天我带他去县医院看看是不是前列腺问题。”马达华说。

父亲告诉他，村医也跟他讲，祖父可能是那个开关出毛病了。得这个病很常见但相当麻烦，天一冷裤子穿多了，他排尿就更难了。父亲问祖父为什么会尿裤子，祖父羞愧地说：“我明明是掏了尿管出来拉尿了的，可还是拉在裤子里了。”

父亲又问祖父，是不是把那个蛋蛋当尿管拿出来拉尿了，祖父笑而不语。

马达华听了，也忍不住笑说：“嗯，完全有这种可能。”

按照驮娘江一带的习俗，婚礼的前几天，主家要到寨上挨家挨户登门当面邀请乡邻，分别给亲戚朋友打电话，告诉举办婚礼的时间地点，然后到了婚礼的当天要接受亲友们的贺礼。寨上人家哪家有喜事，大家都很乐意去帮忙，俨然是全寨子的大事。

迎亲的日子到了。阿姑家一大早就把两大锅水煮沸了，寨上的青壮年男子都陆续聚拢到阿姑家。阿姑燃了一炷香，插在猪圈旁边，口中念念有词，请求猪神保佑六畜兴旺，大吉大利。接着，大伙儿先从猪圈里牵出第一头猪，有人一声吆喝，众人便扑向肥猪，将猪摁倒在地，用麻绳捆绑住四脚和长嘴，然后抬上方桌。早有刀手挽起袖子手持尖刀站在一旁，一个箭步上去就将白刀子捅进猪的心脏。肥猪歇斯底里的叫声响彻寨子的上空，仿佛告示人们，隆重的婚礼就要开始了。男人们杀好了第一头猪，接着又杀了第二头猪。按照主人的安排，其中一头猪要作为彩礼送到女方家，留下一头宴请宾客。

前来帮手的女人们，她们身着自制的盛装，三五成群，有的铺婚床，有的磨豆腐，有的炸糍粑，有的洗碗筷擦桌椅，有的杀鸡宰鸭，有的做五色糯米饭。几个大厨坐在院落的一角，一边咕噜噜地抽水烟，一边研究菜谱。

马达华觉得自己插不上手，就叫四鹏通知一会出车迎亲的司机，把各自的车子收拾一下。他自己提了一桶水，把汉兰达里里外外擦洗了一遍。

正午时分，迎亲的队伍由马达华领头，后边跟着八部五菱宏光，一路打着双闪，鱼贯离开了村巷，驶上驮娘江大桥，进入省道，直奔云南广南县坝美镇方向。

后来，马达华才晓得，四鹏的新娘其实是个二婚的女子，而且是个越南妹。越南妹两年前嫁到云南省广南县坝美镇一户农家，结果丈夫在一次车祸中不幸辞世，留下了一个遗腹女。女儿生下来后不久，家公也得了急病匆匆辞世，婆婆整天以泪洗面，她觉得儿媳妇可怜，便劝她回越南老家，自己再作打算。原来，儿媳妇老家在越北山区农村，靠近中越边境，家里兄弟姐妹多，家境不是很好。因此当婆婆劝她回老家去时，她死活不肯，称宁愿一个人守住婆婆，把孩子养大成人。婆婆其实还有个女儿，嫁到广南县城做点小生意，女儿已有意把老人接到身边，但又碍于家里还有越南媳妇母女。于是，便有好心人出面为越南媳妇做媒，为她找个人家再嫁。平用寨上有个媳妇老家在坝美镇，获知消息后就告诉给了阿姑，阿姑当即问四鹏愿意不愿意，四鹏想了想，就说愿意先去见个面。

第二天，四鹏和寨上媒人就开车去坝美见了越南女子。想不到，见了面之后他就看上女方了，女方才二十出头，年纪比他小了一轮多，虽说生了一个孩子，但脸红扑扑的还像个大姑娘一样。虽说女方的云南话说得还有些卡顿，不过沟通没有太大问题。她表示对四鹏也比较满意，但婚事要跟婆婆谈，她自己做不了主。

媒人一来二去，婚事总算确定下来。不过女方家婆执意要留下孙女，带到县城去生活，女人虽然很舍不得，但家婆丝毫不愿让步。权衡再三，她只好放弃孩子的抚养权，不过她还保留有探视孩子的权利。

从寨子到坝美，全程二级公路，不到一个小时就到了女方家。车到寨头，唢呐队的五个汉子走到车队的前面，在最前边的是两个唢呐手，后面紧跟着鼓手、锣手和钹手。

随着悠扬喜庆的唢呐声响起，迎亲队伍徐徐走进寨子，走向新娘家。

停住车后，马达华拿起手机，打开了录像模式，开始拍摄起来。随着一阵爆竹炸响声，整头的大肥猪戴上红花，率先被抬进家门，后边的十二只鸡鸭笼和糍粑五色饭篮子也跟着进到堂屋。四鹏手持一个红包跪到家婆跟前，向她连叩了三次头，家婆含泪伸出颤抖的双手接了过去。

也许是被迎亲队伍的阵势所感动，抑或是要离开一起生活了两年多的家婆和幼小的女儿，新娘早已哭成了泪人。

四鹏在众人目光的注视之下，走到新娘面前，缓缓转过身蹲了下来，新娘也不再忸怩，嘤嘤抽泣着爬到他的背上。

四鹏把新娘背到自己的车边，拉开车门，把她送到车里坐好，然后跃上驾驶室，启动汽车，缓慢地开出寨子。后边的唢呐队吹响了哭嫁歌，徒步跟在新郎新娘后面，直到寨头了才钻进面包车，缓缓上了村道。

整个迎亲的过程用了大约半个小时时间。若是新娘在自己家里初嫁，一般还要在家里吃一顿喜宴，然后由娘家人陪嫁送到夫家。由于新娘的特殊情况，许多迎嫁的程序都被简化了。马达华觉得，像阿姑家这样的境况，四鹏的婚礼能够简化一些或许更好。

婚宴摆了十余桌，马成虎被父亲用三马仔载着绕了个大弯拉到阿姑家，坐到主桌上。马达发带着妻子和儿子女儿也来了。马达华凑近去向他打听了身体的情况，却发现他的嘴角有些微小的歪斜，右眼皮眨巴的频率似乎也比左眼快多了。

他悄悄把马达发拉到一边，压低嗓门说："哥，你的嘴角好像有点歪斜了，你有什么感觉吗？"

"没有嘛，这段时间吃饭……经常爱咬到舌头，咬重了会流血，烦死了。"马达发有些结巴地说。

"哥，你这个是中风的前兆，你赶紧去医院检查一下，做个心电图，做个CT。"马达华说。

"现在吗？"马达发慌了，"我还饿肚子呢。"

"那你先吃饱饭吧，千万不能喝酒抽烟了。"马达华警告说。

马达华把兄长送回桌边，又把侄子马润良叫到一边，把马达发的症状告诉给他，让他吃饱饭后立马带他父亲去医院好好做个检查。

马达华记得，有一次，他和各单位一帮工会主席开会搞活动时，无意中看见一个姓农的主席双眼有些发黄，他立即叫他去医院做个检查，结果这个农主席竟然已是肝癌晚期。现在，他在自己兄长的脸上也看到了令人痛心的征兆，他的心情即刻被一种悲怆所笼罩。但是，四鹏的婚宴是喜庆的，亲友们脸上洋溢着欢喜的笑容。他忽然有一种想喝醉酒的冲动，但是他又强忍住了，因为他还要把祖父和父母亲带回家。

第二天早上，马达华把马成虎扶上车，祖孙俩出发往县城。他们先在一个街边粉摊吃了一碗麻鸭粉，然后直接开车到医院，挂了泌尿外科号后就乘电梯上到门诊部二楼。

值班医生瞥了病历单后，差点吓一跳，连忙责备马达华说："老先生都这么大年纪了，你还敢带他来医院看病，你胆子也太大了吧?"

马达华莫名被骂，便没好气地说："那你让我怎么办?"

医生打量了他一下，口气稍为缓和地说："你们可以约诊啊，这么大年纪的病人都可以享受这种医疗待遇，你不晓得吗?"

"对不起，我从外地回来的，不晓得老人有这个待遇。还是麻烦你给看一下吧。"马达华说。

"好吧。老人家都九十六了，哪里的啊?"医生问。

"平用寨的。"马成虎忽然迸出一句话，"我孙子在省城当官的，你莫要怪他。"

医生连忙点头说："好，好，好，不怪，不怪。"说着抬头问马达华，"老人家什么症状?"

"根据我老爸说，我阿公他经常尿裤子，每一次撒尿时间都比较久，还拉不完。"马达华说。

"噢，你让他躺到床上，帮我把他裤子脱下来。"医生指着白布帘子里边的床说。

待他扶祖父躺倒在床上，脱掉外裤内裤，医生也戴上手套，让他把消毒水倒到手里，使劲搓揉几下。

“好了，我来，麻烦你抓好老人家的双手。”医生对他说。

他赶紧握住祖父的双手，双眼紧盯住他的脸。医生用一只手捞起祖父的一条腿，另一只手中指沾上润滑剂，轻轻地推进他的肛门。

可能是受不了瞬间的酥痒，祖父忽然忍不住一阵哈哈大笑，双手也有些抽动。

医生摸索了约半分钟时间，就用纸巾给老人家擦了一下，说：“前列腺有点肥大增生，肛门收缩无力。穿裤子吧。”

医生告诉马达华，老人家这把年纪得这个病比较正常，属于功能性衰老症状，开一些中成药回去口服就可以了，没必要住院治疗。

祖孙俩离开门诊部，上到车上，祖父突然骂道：“这个医生够坏，敢抠我屁股眼，我想放个屁给他，硬是放不出来。”

马达华忽然想起，不知昨天晚上马达发有没有到医院检查。他拨通了侄子马润良的手机，询问了相关情况。马润良说：“叔，县医院的医生说，我老爹的病情不乐观，他们建议转到大医院去看，最好放几个支架，可我老爹不肯去。怎么办呢?”

“这样吧，我先把老祖送回家，再过来跟你爸谈谈。”马达华说。

刚回到半路，四鹏就打电话过来，说:“表哥，你带老祖去哪里了，快回来吃午饭。”

马达华告诉他，他带老祖来医院看病了，正在回家的路上。四鹏说回到了就直接过去吃饭，叫他不要回老屋了。

昨天晚上，四鹏和新娘挨桌敬茶，敬到祖父时，祖父忽然捉住新娘的一只手，两眼直勾勾地看了好一会，才喃喃地说:“交趾的妹子，好喀，好喀。”

“外公，不是交趾，是越南。”四鹏大声纠正说。

祖父摇摇头，意味深长地笑了笑:“你不晓得，不晓得嘛。”

马达华担心新娘尴尬，赶忙解围说:“阿公，您说得对嘛，让他们敬您一杯茶吧。”

两个新人敬完茶，新娘忽然大大方方地用嘴唇轻吻了一下祖父的手，说:“托阿公的福气，祝您健康长寿。”

“要得，要得。”祖父高兴地说。

吃过午饭，马达华把祖父送回家，倒了开水，让老人把药吃了，又把他送上床，帮他拆下助听器，让他睡个安稳觉。

马达华已经记不起从什么时候起，没踏进兄长马达发的家门了。他每次回来，都很少有机会在县城停留，即便是吃个饭之类的，也几乎都是把时间交给各种朋友了。

当他来到运输公司破旧的宿舍楼时，他实在是记不起马达发住在哪个单元哪一号房了。他只好打手机问了房号，才找到马达发的住处。

大嫂摆摊卖米去了，屋里只剩下兄长一个人在家。老旧的七十平方米三室一厅套房年久失修，斑驳的墙壁上爬满了细碎的裂痕，二十九英寸电视机正在播放金庸的武侠片，发黑的木沙发上堆满了抱枕和衣物。见老弟突然到访，马达发显得有些局促。他打听了一些祖父到医院检查的情况，又把自己的病情讲述了一遍。

看着表情变得有些木讷、面部虚肿印堂灰暗的兄长，马达华心里忽然涌起一阵悲凉。

“哥，你的病情还是要早干预早好，你若是不提早治疗，怕是到时候什么都晚了。”马达华说。

“我也想治啊，可是人家讲，搭一个支架都是一万两万的。我一个退休工人，去哪里找这么多钱啊。”马达发唉声叹气地说。

马达华沉默一会，说：“不管怎么说，先保命要紧。你先去市医院检查一下，看看要不要做手术，要是做的话，我可以先垫付一部分，等你回来报销了再还给我。你看怎么样?”

“我听说，做这种手术很贵的，而且也只能报一小部分。”马达发还是皱眉头说。

“哥，手术再贵也要先去做，不做你怎么晓得它效果不好呢？要不然到时候后悔都来不及。”马达华劝道。

“好吧，那就听你的，赌一回命吧。”马达发悲壮地说。

第二十章

马达华驾车回到寨头，远远就看见大榕树下聚了一群人，旁边还有几辆五菱面包车。村支书黄学军突然从人群中跑过来，向他招手，他赶紧靠边停车，摇下车窗。

“叔，您停一下，我跟您汇报个事。”黄学军惶惶地说。

“什么事？你上来说吧。”马达华说。

黄学军绕过车头，拉开车门，钻进副驾室。

“什么事慌里慌张的？”马达华问。

“这帮人想去县里闹，我把他们挡在这里。他们说，服务区迁坟的补偿款太低，不合理，对征地的补偿费也不满意。他们还骂我们村干部不帮大伙儿说话，胳膊往外拐。您看，您能不能帮侄仔做一下工作。”黄学军哭丧着脸说。

马达华听后朝大榕树那边瞥了一眼，说：“可以，我去跟大家说说。”

“太谢谢叔了。哎哟，我怎么说他们都不听。简直是无法无天了。”黄学军无奈地说。

马达华一声不吭就跳下车，往人群中走过去。原先还嘈喳喳说话的，见他走近了立马停止了说话。

他边走边把面部神经调整到了最松弛的状态，走近了才大声地问道：“哎，你们这是要去哪里啊？”

“二叔，是这样，我们想去找县长反映情况。您有没有办法一起去帮我们平用跟领导反映一下。”有个胆大的年轻人说。

“你们是想找县长说什么呢？”马达华问。

“还用问嘛，高速公路服务区迁一个坟才给这么点钱，征地也给得少，村干部都不帮我们说话。”有人又说。

马达华清了清嗓子，大声说：“这个事情啊，我也晓得一点情况，我也有一点发言权。我们家也有两个坟在标线里面，而且都是祖坟，肯定要挨搬走。我们家也有差不多二十亩油茶林属于征地范围。我个人也觉得，上面给的补偿款给低了，有点不太合理。”

说到这里，他故意停顿了一下，人群里一阵窃窃私语。

“我跟你们说，上次县协调组组长人大岑主任过来调研，村干部、黄学军支书都当着我的面，汇报反映了这个问题。后来在上山考察的路上，我私下也跟岑主任专门咨询了这个问题。不瞒大家说，岑主任跟我很熟，黄县长我也认识，他们有什么话一般都不会瞒着我。有一次岑主任请我吃饭，黄县长也在场，我又提出这个问题。他们回答我说，我们县是小县，财力有限，但高速公路里程又最长，需要征地的面积太多，所以就像大锅头里撒一把盐，会怎么样？肯定是不够味道了。他们还说，现在给这个补偿款已经是尽了县里最大财力了。情况基本上就是这样。”马达华说。

“那这么说，我们就这样老老实实给他们欺负了吗？”有人嘀咕。

“大家听我说，我也不是反对你们去县里反映情况。不过我有个建议，你们可以把写好的材料交给县领导，但要交到信访接待室那里，最好是派几个代表去。千万不能一帮人去政府那里闹，不要影响人家办公，更不要堵人家门口。否则，就属于治安事件，搞不好要抓人进拘留所喂蚊子的。”马达华说。

“二叔，我们又不会写什么材料，您看怎么办？”

“是啊，听说你是笔杆子，你就帮我们写嘛。”

人群中议论纷纷。

“你们就不要难为我了。我不能帮你们写，不过你们写了我可以帮改一改。如果你们不想写，也可以去口头反映情况，政府肯定也会答复你们的。我再讲一次，大家千万不要去闹，不要一大帮人去影响人家办公。不然，到头来你们就变成理亏甚至犯法了。大家要懂得一点，高速公路是国家重点工程，我们不要添麻烦。”

马达华说完转身回到车边，黄学军紧跟在后面，感激地说：“谢谢叔啊。”

他转回身，看着疲惫不堪的支书，不禁生出了恻隐之心，说：“学军啊，群众工作确实难做，不过我们一定要有定力，不能让某些人牵着鼻子走。有时候还要软硬兼施，关键时刻不能软弱。”

“好的，什么时候再好好请教叔。”黄学军点头说。

半夜，祖父的屋里传出一阵哭声，把父亲惊醒了。父亲赶忙开灯下床，撑着拐杖去到祖父的房间，发现老人家正在酣睡，显然是在做一个噩梦。

第二天早上起来，父亲把夜里祖父做梦啼哭的事跟马达华说了。马达华觉得，祖父可能是在梦里受到了惊吓，或者是遇上了什么悲伤的事情。他决定等祖父起来后要和他好好聊聊。

祖父说：“我爹他在梦里说，他不愿意搬家，他不想到新的地方去，他在这里好好的，哪里都不去。我爹还用马鞭抽打我，骂我忤逆不孝。所以我就哭了。”

“后来，我又见到了我老庚，老庚也骂我不讲义气，让他一个人在阴间赶马帮。那边的恶人太多，他一个人很难对付，希望我快点过去。”祖父气喘吁吁地说。

马达华说：“阿公，人家说做梦是相反的。您莫相信咯。”

"老二，你说，我老庚他一个人在那边受苦受难，我自己在这边活着有啥子意思嘛。"祖父依然黯然神伤地说。

"阿公，您这是做梦而已，不是真的。您老庚他希望您活得好好的，要超过一百二十岁呢。"马达华说。

祖父眨巴着眼说："你哄我吧。"

"没哄您。"马达华说。

"老二，你说的是真的吗？"祖父将信将疑。

"是真的。如果我哄阿公，我就屁股长出狗尾巴。"马达华说。

祖父想了想，忽然扑哧一声笑了。

晚秋的山坡上，成片的青冈树和锥栗树叶子率先变成了黄白色，那些红褐色的枫树像一把把火炬插在黄白色中间，显得格外耀眼。

马达华点燃三支香，跪在曾祖父的墓前，连叩了三个头，然后把香插在坟头，躬身而立，嘴里念念有词："呜呼，土地公在上，曾老祖在上，今天是吉祥之日，是利市之日。因高速公路建设之需要，此地将被征用为服务区。今天马家子孙响应政府号召，来给老祖动土拆屋，是要搬迁到新的龙脉宝地，入土为安。老二代表全体子孙恳请老祖恕罪，保佑子孙平安，一切顺风顺水顺利。呜呼哀哉。"

四鹏接着燃起一坨轰天雷，咚咚咚……一连串冲天炮打破了山野的寂静。寨上许多正在观望的人们，听到炮声后都不由地扭头往寨子背后的山上眺望。

由于事先接到马世龙登门通知，早已有二三十个亲友按时前来帮忙。听到爆竹声响后，寨上那些犹豫不决的人家都陆陆续续上到山上来了。不到半个小时，坟地上就已经聚集了黑压压的人群。

桂西北驮娘江一带，一直保留着拣骨葬和二次葬的风俗。所谓拣骨葬，是人死了第一次下葬后若干年，再挖开坟墓将骨骸拣起来，用米酒洗净擦干再装入金坛，然后择地另葬并立墓碑。二次葬则是下葬很多年后，在原地将骨骸从棺材中拣起，装入金坛后再原地埋葬并重立墓碑。

马达华晓得，这一带又有“富不迁坟、穷不搬家”之说。若不是田西高速通过此地，曾祖父的坟墓是没有任何理由需要迁移的。尽管马家这么多年来没有大富大贵，但也没有发生过什么大的波折。现在，他们不得已要为老祖宗寻找新的地方安葬。想到一个人死后很多年还要受到这种周折，他心里便又感到一阵难过。

迁坟开挖到一半时马达华竟不慎扭伤了腰，顿时疼痛难忍。年轻时他身材单薄瘦弱，曾经在县水泥厂打零工干重活时落下了腰伤，此后久不时会习惯性腰伤发作。腰伤偏偏在这个时候发作，真的是太不凑巧了。按照老风俗，起完骨骸装好金坛后，家中男嗣要立即把坛子背在身后，徒步走向新的坟地。曾祖父的新坟地大约有三公里路程，沿途都是以前的砍柴山路，早已被荒草和灌木所覆盖，常年生长的苔藓踩上去湿滑难行。

一个时辰过后，几名长者已经把骨骸擦拭干净，装进金坛。又一阵鞭炮响之后，马达华在众人目光注视之下，忍住腰部火辣辣的疼痛蹲下去，把沉重的金坛背在身后，缓缓地站了起来，一步一步地走出油茶林，缓慢地朝坡上走去。走了差不多一公里，他才把金坛移交到四鹏的背上。

仅用半天时间，马达华家的两座祖坟都做到了同一天起葬。为了答谢乡亲，家里特意杀了最大的那头肥猪，请寨上帮忙的人们吃了一顿。听说马达华杀猪迁坟，岑建福特意从县里赶过来，还带来了几件瓶装米酒。虽说他饭桌上没说什么官话，但大伙都晓得，这个岑主任和马达华关系的确不一般，马达华前些天在寨头说的话不是放空炮。

喝得脸红耳热之际，岑建福提出要给寨上的乡亲们敬酒。马达华打开了一瓶米酒递给他，自己又打开了一瓶。

马达华大声说："各位父老乡亲，今天我代表我阿公和我爹我妈感谢大家帮忙，让我们老祖入土为安。今天，我同样感谢县高速公路协调组组长、我的老同学岑建福主任，在百忙中来到平用寨现场指导工作。现在，我们请岑主任说几句话。"

岑建福说："各位平用的父老乡亲，我同样感谢大家来帮我的老同学家迁祖坟。田西高速西林服务区建在平用寨，这是根据科学测定得出的结果，是设计单位和县里充分论证的结果。但是，我也晓得，为了修建服务区，平用寨作出了很大牺牲，你们总共有一百五十六座坟墓要搬迁，而我们县里的补偿款确实偏低，确实亏欠了大家。以后如果有条件，我们再争取通过别的方式给平用一些补偿。现在，请允许我敬大家一杯酒。"他举起手摇了摇酒瓶，说，"你们每人喝一小杯，我喝这大杯。来，我请我老同学一起敬大家。"

说着，岑建福和马达华咣地碰了酒瓶，仰起脖颈，率先咕噜咕噜地喝了下去。待两人把酒瓶喝了个底朝天，众人齐声欢呼起来。

从第二天开始，服务区征地区域内的鞭炮声开始此起彼伏，从早上响到晚上。

连续十多天，马达华一边吃止痛药，一边爬上山去帮别家迁坟，早出晚归，却把给祖父洗澡搓痒的事给忘了。

这晚，他刚从外边吃饭回来，祖父并没有像平常那样坐在堂屋看电视，而是早早就躺到床上睡觉了。他觉得有些不对劲儿，便到祖父的房间去看看。他悄悄推开卧室的门，放轻脚步走到床边，祖父突然睁开眼说："老二，我想搓澡，想躺在打谷槽里泡热水澡。你爹不管我了，他嫌弃我老了。"

他赶忙俯身坐到床边，安慰道："阿公，您先躺一会，我马上去热水。"

"好喀，好喀。"祖父带着哭腔说。

原来，马达发接受马达华的建议，到市医院检查病情后，医生建议他立即住院并做了脑部手术。马世龙得知情况后，情绪便有些低落。他晓得，脑袋动刀不会是一般的病，老大这辈子可能要走到头了。

前些天晚上，马达华去帮人家迁坟回来，父亲忽然问他这次为何能请假这么多天，他想也没想就说自己已经退休了。父亲晓得干部都是满六十岁才退休，就说他还没有六十岁为什么就退休了，他说自己当年填错了表，把年龄弄大了两年，所以就变成六十岁了。父亲听了还是半信半疑，又问他是不是挨处分了。他摇头坚定地表示，自己没有犯错误，属于正常退休。父亲嘴上虽然没说什么，但是也不想再打听下去了。他晓得，如果儿子说的是真的，那么这种事也不是什么体面的事情。这意味着他这个一直引以为傲的儿子，也开始走下坡路了。

马世龙有些后悔当年没能多生几个孩子，后悔当初执意让老大子承父业，去学开货车，染上一身的坏毛病。他还后悔自己当年去跟汽车斗狠，卖了马帮买汽车，结果落得废一条腿的下场。然而，他也晓得，这个世界上什么药都有，就是唯独没有后悔药。如今老大倒下了，老二也加入了老人的行列，而家里的老人愈来愈多，生活负担愈来愈重。所以这两天他忽然变得沉默寡言，也不太搭理父亲的各种要求，整天独自钓鱼喝酒，借酒浇愁。

马达华很快热好了水。他担心外头有些凉风，怕祖父露天洗澡会着凉，于是把打谷槽搬到了厨房，不料祖父却坚持要在院子里洗澡。他又只好把打谷槽搬到院子中央，把热水倒到大半，然后扶着赤裸着身体的祖父躺到热水里。

原先无精打采的祖父刚坐到热水里，忽然间又像变成了另一个人，一边拍打着水花，嘴里一边呻吟："老二，快点帮我搓背嘛，搓了背就舒服了嘛。"

马达华早已准备好一个丝瓜瓤，蘸湿了水，开始在祖父身上慢慢搓擦起来。

第二十一章

“老二，你猜猜，我的老庚他有几个老婆？”祖父忽然问道。

“不晓得。阿公，您罗老庚他到底有几个老婆？”马达华好奇地问。

“他有三个老婆嘛。嘿嘿。他的大老婆也是他的原配，十六岁就嫁给他了，硬是没有娃娃。后来他又要了一个小老婆，比他大三岁，接连给他生了三个娃娃，一年生一个。大老婆一边开马店，一边帮小老婆带娃娃，很能干嘛。那个女人心肠善良得很，硬是不生娃娃，可惜了喀。”祖父沉浸在往事的回忆之中，一汪儿口水从嘴角滑下来。马达华急忙用纸巾帮他擦拭。

“阿公，您老庚怎么又娶了第三个老婆呢？”马达华问。

“你晓得三道红不？”祖父问。

“不晓得。”马达华摇摇头。

祖父得意地嘿嘿一笑。他说云南那边的姑娘最喜欢一种人，那就是赶马帮的人。在云南，赶马帮的男人才算是真汉子，他们个个身怀绝技，威风凛凛，整天翻山越岭，过河蹚水，天不怕地不怕，是姑娘们心目中的英雄，更是姑娘们最想嫁的男人。

那时候，盐马道和茶马道上有很多马店，主要是为马帮提供食宿和补充马料，还为骡马治病钉掌。有一些未出嫁的姑娘为了能够巴结到赶马人，她们就主动来马店做小工，帮赶马哥缝洗衣物，有的唱山歌吹乐器，有的甚至还陪吃陪喝。为了方便赶马人辨认，这些姑娘头饰上都绑有三根红丝线，因而被赶马人称为三道红。

祖父说，他老庚早年在滇西走茶马道，路途遥远，但人脉广泛。什么白道黑道、匪头寨老、三教九流，他基本上都有一些交情，也打过一些交道。有的见过几面，有的熟识热络。他老庚当年年纪轻轻就当了马头，又长得英俊潇洒，自然是姑娘们崇拜的对象。在大理和保山之间，有一个回族人开的大马店，店里有一群三道红，她们来自云南各地。其中有一个叫阿俏的姑娘，自称是来自西双版纳的傣族人，当她第一次遇见年轻英俊的老庚时，就被他的帅气和冷峻所吸引。一来二往，两个人便如同春天的山藤蔓缠上了壮硕的青冈树，牢牢地纠缠到一起了。阿俏不在乎老庚已经有两房妻室，跟着他翻山越岭来到滇东南的底圩街，甘愿为他生儿育女。

“阿公，您也是赶马人，也做过马头，您为什么不给我们娶一两个祖母呢？”马达华终于把憋在心里很久的疑问说出来了。

祖父茫然地看了一眼院墙外高大的木棉树树冠，沉思片刻，才从喉咙滚出喑哑的声音，说：“我也是赶马帮的，也做过马头，这个不假嘛。但不过，我们家才几匹骡马，又没得马店，赚不了什么钱咯。”

“阿公，您意思是说，您也想给我们娶多一两个祖母，但是没得钱，实力不允许，是吗？”马达华说。

祖父点头说：“是啰嘛，是啰嘛。”

“阿公，要是当年您有钱，您是不是也想多娶一两个祖母呢？”马达华问。

祖父嘿嘿笑说：“你晓得嘛，哪个男人不想要两三个老婆嘛。我当然也想，就是前面有一座高山挡住啰嘛。”

“高山？什么高山？”马达华给弄蒙了。

“傻仔，高山就是我老爹嘛。他不要，我哪里敢要嘛。”祖父似乎有些怨气。

马达华听了忍不住笑起来：“阿公，您不娶多一两个祖母太可惜了。您看，我们家现在人口这么少，都没有几个人帮您抓痒。”

“我们这边走盐道没得三道红嘛。马店里边有一些不三不四的女人，好吃懒做，还有花柳病，我们惹不得喀。”祖父说。

进入冬天，桂西北高地阴雨连绵，山顶上终日云雾蒙蒙，气温也明显降了下来。马达华驾车去到附近的坝美街，买了几袋青冈树木炭，在堂屋侧边的火塘燃了一堆炭火，让祖父和父母亲烤火取暖。

祖父似乎察觉到了什么，盯着马达华问：“老二，你是不是要回去了？”

马达华一愣：“阿公，我要过两天才回去呢。”

“我想到背后山上去瞧一瞧，我都听到了，震到我心头了，有人在挖龙脉啰。”祖父忧郁地说，“老二，你现在马上带我上去嘛。”

“爹，外头下毛毛雨，路滑得很，去不得的。”父亲劝道。

“下雨天留客，毛毛雨去得嘛。”祖父率先站了起来。

马达华没办法，只好打电话把四鹏叫来，两个人把祖父扶出院门，踏上有些湿黏的土路，缓慢地拐向屋后的山道。

祖父已经多年没有走过山路，他离开家去到的最远的地方是四鹏家，偶尔去吃一次饭。现在他执意要到山上的服务区施工现场去，想亲眼看一看人家是否挖到了龙脉，这让马达华有些为难。对于他来说，祖父的意愿是不能违抗的，何况这也不是什么太难的事。

山腰上挖掘机的轰鸣声愈来愈响，路也愈来愈湿滑了。三个人来到一处陡坡前，眼看祖父迈不动腿了，他赶忙插上前去蹲下来，让祖父趴到背后，一步一步爬上山去。

很久没有这么背着祖父走山路了。马达华记得，读初中时有一次他跟祖父和父亲在山上砍木头，突然被一群地龙蜂袭击，走在前头的祖父被蜇了好几下，他的头脸很快被蜇肿了，双眼肿得睁不开，疼痛得不停地呻吟。危急时刻，父亲让他用双手合成碗状，接住两把尿液，撬开祖父的嘴巴，把尿液慢慢灌进嘴里。然后，父子俩轮流把祖父背下山，及时送到医院治疗，才捡回了一条性命。那时候，祖父才五十出头，身体沉得像块大石头。那时候，父亲也还没有遇上车祸，还经常去赶马帮。

虽说如今背上的祖父已经人瘦体轻，但马达华却变老了，体力也不如从前了。越往上坡越陡路越滑，他每往上走一步，就喘一口粗气，鞋底像是被胶水粘住了似的，被稀泥吸得啧啧响。四鹏见状，赶紧从后边跑到前面，躬起身子，把祖父从马达华的背上慢慢挪到他的背上。

四鹏显然是有备而来，他穿上了一双半筒水鞋，踩在湿滑的斜坡上稳当多了。毕竟是年轻人，四鹏一口气就把祖父背上了一个小山峁上，马达华费了好大的劲儿才从后面吭哧吭哧跟上去。

站在这里，可以看到服务区范围内十余台挖掘机在不停吼叫，有的挖路，有的清除杂木树根，二三十台运泥车在便道上鱼贯穿梭忙碌。

祖父没有见过这样的阵势，瞪大眼睛张着嘴巴木桩似的站在那里。驻足良久，才沉吟说："造孽，造孽啊。把山都挖断了，平用龙脉断啰。"

"阿公，这一大片都是服务区，就像盐道上的马店。高速公路从河下修过来，司机要在服务区歇一歇，再开往云南罗平那边。"马达华指着前方说。

"你是说，这个马店有吃的有住的还有马料喀？"祖父眨巴着眼说。

四鹏大声说："外祖公，汽车吃的是汽油，不是马料。"

"我晓得嘛，你个傻仔。"祖父有些愠怒。

"阿公，高速公路也是龙脉。您看，以后东边来的龙和西边来的龙到这里聚头了。服务区在我们寨子后面，两条龙在这里碰头，我们寨就更旺了。"马达华说。

祖父瞥了他一眼，讪笑说："老二，我晓得你是哄我，不过也有点点道理在嘛。"

四鹏说："外祖公，等高速公路修通了，我带您去云南旅游吧。"

"要得，要得嘛。"祖父脸上现出微笑，"不过嘛，你要抓紧生几个娃娃出来，带他们一起才好玩喀。”

“阿公，雨越来越密了，我们回家吧。”马达华劝道。

“老二，我爹和你阿奶他们都葬在哪里了？”祖父似乎还不想回家，目光一直在山顶上逡巡。

马达华指着对面山坡的右边，说：“阿公，祖公的坟搬到山那边背后，面朝太阳落山的方向。”

祖父又问：“你阿奶呢？”

“阿奶的新坟在山背后左边，面向日出处。”马达华指着山头左边说。

祖父点点头：“记得啰，日后我死了，要跟你们阿奶埋在一起咯。”

“外祖公，您不会死的，还有很多福气没有享完哩。”四鹏说。

“你哄我啊。”祖父忽然往地上啐了一口。

马达发动过手术之后，病情并没有好转，反而变得越来越糟糕，情绪也越来越低落，不时打电话给马达华哭诉，表达各种痛苦和悲哀。马达华决定在回城之前，再去看他一下。

马达华又一次来到兄长家。敲门许久，马达发才打开房门。他撑着拐杖，气喘吁吁地倚靠在门旁。马达华赶紧扶住他，说：“哥，你一个人在家啊？”

马达发嘴唇嚅动了一会，颓唐地低下头，口齿不清地说：“一……一个人，他……他们不管我的。”

马达华把他扶到床上坐下，却发现他双眼已经噙着泪水，没等他说话就安慰道：“哥，你这个病不能着急，要慢慢恢复，你要有耐心，晓得吗？”

马达发点点头：“他……他们要送我去……养老院……我宁愿死……”话没说完便涕泪俱流。

马达华赶紧从茶几上扯了两张纸巾，帮他擦拭了眼泪和鼻涕，问：“哥，哪个说送你去养老院？”

马达发忽然愤懑地说：“你侄仔……你嫂，他们嫌弃我了。狗日的……”

“哥，他们是担心没有人在家陪你，怕你一个人无聊吧。你不愿意去，可以好好跟他们说。不要生气嘛，生气对你的治疗效果不好。”马达华说。

“我宁可……在家死，也……也不愿去养老院。”马达华还是怒气未消。

“哥，你现在病成这样，没有人护理是不行的。我侄仔侄女要上班，要不这样，我嫂就不要卖米了，让她在家陪你。”马达华说。

马达发愣了一下，连连摇头说：“不得，这样我……我们都……会饿死。”

马达华觉得兄长这个状况已经不太方便沟通了，他沉思一会，才说：“哥，如果你既不想一个人在家，又不想去养老院，也不想让嫂子在家陪你，那你先让我想想该怎么办才好。等我想好了，再来跟你商量。怎么样？”

马达发眼里又蓄满了泪水，摇头说：“弟，我晓得你……又要回去了，你也……也烦哥了……哥……哥干脆摸电死算卵了……”

“不，不，不，哥，你千万不要想不开，你不能这样。我是说，我们一起想办法嘛。你不能干傻事，家里还有阿公和爹妈呢！”马达华央求说。

不料，他刚说完，马达发就忽然瞪大眼睛，惊呼说：“家，家……我要回家。”

马达华一惊：“哥，你说什么？”

“我……我要回平……用，回家。”马达发像是黑夜里看到了一缕曙光，嘴里喃喃地说。

兄长的要求太过出乎他的意料，他觉得这不是自己一个人答应得了的，也不是马达发想回去就回去的。他预料到，这一定是一个相当棘手的问题，需要咨询各方面的意见，尤其是父母亲的意见，当然更要亲自听一听嫂子和侄仔侄女的意见。

于是，他先安抚了一下马达发，让他情绪上稍微和缓一下，然后到菜市去买了一些鱼肉，回来动手煮饭做菜。他特意买了一副猪腰，炒了一盘猪腰苦瓜片，这是兄长最爱吃的菜。

晚上，侄仔侄女应约而来，嫂子也收摊回家了。虽说马达华做了一桌好菜，但大家显然都没有什么胃口。

侄仔马润良说："谢谢叔关心我们家的事。我老爸病成这样，作为儿子我应该承担主要责任和义务的，不过我手长袖子短，实在没这个能力。您看，我好不容易考了一个小公务员，领导已经几次说要派我下去驻村，我都说老爸有病需要早晚照顾，所以一拖再拖，领导同事都对我很有意见。再一个，我一个月工资四千来块钱，老婆三千多，我们还要养小孩、还房贷，哪里还有钱请人照顾老爸？我表个态，如果老妈在家照顾老爸，或者送老爸去养老院，我每个月顶多能出五百块，补贴一点。"

"我也出五百，再多就没有了。"侄女马小月说，"叔，我还是建议让我爸去养老院好一点，我们会经常去看他的。"

"我……我不去那里，我要回……老家。"马达发又憋得满脸通红，挥舞着左手说。

马达华赶忙说："哥，你先别说话，你先安静一下。"

马达发还是很激动，两眼泛着泪花，摇头说："你们不……不要哄我……去那里。求你们了。"

"阿嫂，我想听一下你的意见。"马达华抬头盯住了嫂子的脸。

嫂子没有答话，却先扭头抹了一把泪，哽咽说："叔，你哥这个人命太苦，以前开货车太拼命，有时候没有人上下车，他一个人扛几十个麻包袋，一个上百斤，把他的腰搞废了。他为什么这样苦干蛮干，也是为了家庭，为了孩子。那时候我不会做生意，里外都靠他一个人。他心好，还买钢材水泥给寨上做桥。唉，偏偏好心人不得好报，现在病成这样。我说呢，他不愿去养老院，就不要为难他了。如果他回得老家，我也不卖米了，去老家服侍他。”

“妈，您要是不卖米了，您吃什么？”侄女问。

马达发听了也直摇头，摆摆左手：“不……不要你……”

马达华做了一个叫他别说话的手势，转而问嫂子：“阿嫂，你一个月能卖多少钱米？”

“钱不得多少，一个月有两千左右吧。不过，全家人吃的米面都是我这个米摊供应的，包括寨上老家，算起来也有好几百块。如果我不卖米了，全家都得花钱买米吃了。”嫂子平静地说。

“好的，我晓得了。”马达华说，“大家先吃饱饭吧。生、老、病、死，都是每个人必须经历的事情。既然我哥生病了，我们所有人都要一起面对，这是不能回避的问题。现在我们要做的事，就是集合我们的力量，把病人安顿好，尽可能让他满意，尽可能照顾到每个人的利益。怎么做到最合适，等我回寨上老家和几个老人家商量后再定，最迟这两天落实。”

马达发左手伸出大拇指，眼里泪光闪闪，想说什么，又没说出来。

回到家，马达华把情况跟父亲马世龙说了。父亲咬着牙，蠕动腮帮沉思一会，才开口说：“你把阿姑和四鹏喊来吧。”

“爹，太夜了，明天吧。”马达华说。

“明天？我今晚能睡得着吗？”父亲阴沉着脸说。

他晓得父亲一定是有了解决办法，于是亲自到阿姑家，把阿姑和姑丈四鹏一起叫上来。几个人围坐到火塘边后，父亲又让他把情况复述了一遍。接着，父亲说：“你们都晓得了，老大是铁了心要回来，他不想死在外头，在外头死了上不了神台，他想什么我晓得的。”

阿姑哽咽说：“老大真是可怜啊，刚过六十就病成这样。哥，我们还是接他回家吧。”

“我也是这么想的。不过，我们几个都老成这样了，还能照顾得了他吗？”父亲的目光环视了一下，最后停在四鹏脸上，“四鹏啊，你们几兄弟，就数你老实本分，心善听话，孝顺老人。你刚结婚，目前也不要出远门打工了啊。”

“舅爷，我这段时间都是给高速公路打零工呢。”四鹏说。

“噢，这就对了嘛。你打零工人家一天给你多少钱呢？”父亲问。

“两百。”四鹏说。

“这样，舅爷跟你商量一下，我打算明后天把你表哥接回来，你能不能跟我一起照料他？我一个人实在打理不了。当然，我也不会让你白干活，误工费还是要给你的，要不然你怎么生活？家里的柴米油盐也要开销的。不过能给你多少，这个等下给你二哥算一下。”父亲的目光一直在四鹏身上游移，观察他的反应。

“哥，自家人莫讲什么钱不钱的，难听。”阿姑说，“四鹏，你就答应舅爷了吧。”

“我听舅爷和阿妈的，没问题。”四鹏说。

经父亲马世龙撮合，四鹏终于同意从高速公路辞工，在家一起护理马达发。这样，马达发就如愿回到了老家。

为了弥补四鹏经济收入方面的损失，经马达华和兄长及家人协商，最终由马达发个人养老金出三千元，侄仔侄女各出五百，马达华出一千,四鹏总共每个月能拿到五千元。马达华还提出，虽然马达发被接回老家护理，但每个星期嫂子和侄仔侄女必须回来探视一次，特殊情况除外。

第二十二章

每次从老家回来，马达华几乎都没有空过手，不是家里的土货就是朋友送的土特产，这次他带回了一整箱的老树茶。和往常一样，这次的茶叶也是岑建福送的。

有好茶当然少不了恩师，当马达华拎着两盒茶叶到访时，覃大果正在跟一个陌生男子聊天。覃大果介绍说，来人是美术出版社的鲁编辑，正是他们那套书的责任编辑。接着覃大果又把他引荐给鲁编辑，称他是丛书的作者之一。于是两人热烈握手。

“达华，你拿来的是新茶吗？”覃大果问。

“应该是刚摘的新茶，老家那边的老树茶。”马达华说。

“那你就给我们一人泡一杯吧。尝尝鲜。”覃大果急切地说。

马达华虽然无法知晓两人前面谈论的内容和细节，但后来谈及的内容已经涉及交稿事宜了。

喝过头泡茶，两人的谈话已经进入尾声。

鲁编辑说："覃校长，您是丛书的主编，还要麻烦您写一个总序，然后每个人再写一个自序，这样就比较完整了。"

"你放心，这个没有问题。我们会按时交稿，希望出版社在经费方面再酌情优惠一些。"覃大果站起来，显然是要下逐客令了。

鲁编辑跟着也站起来，把手伸向覃大果，握了握说："好的，不过我人微言轻，做不了主的事会向领导汇报。"

送走客人，覃大果指着沙发示意他坐下，埋怨说："怎么回事，一回到乡下你就乐不思蜀了？"

"老师，不是我不想回来，是根本没办法回来。家里一堆老人家，丢了谁都不行，简直是一地鸡毛啊。"马达华叹气说。

覃大果见他这样，转而用同情的口吻说："嗨，人啊，生之苦，老之苦，病之苦，死之苦，都是人生之苦啊。像你这样子，一个人要负担这么多个老人，也确实是难啊。"

"老师，跟您说句实话，如果不认真解决农村养老问题，将来可能会出现大问题。"马达华说。

"唉，可以这么说，没几个人能够料到，老龄化问题来得这么快。问题是现在受影响的不仅仅是老年人，而且还有像你我这样的农二代。”覃大果说着话锋一转，说，“言归正传吧，你的书稿什么时候能够拿出来？”

马达华叹气说：“老师，不瞒您说，我现在已经面临财政赤字了，卡里只有两万多块钱，哪里还有钱出书啊。”

“你不是还有一笔公积金吗？”覃大果疑惑地看着他，“这个钱退休了要退发给你的。”

“还没到手呢，都几个月了。再说了，那点钱也是我剩下的保命钱，不好动啊。”马达华依旧是满脸愁云。

覃大果端起杯，又喝了一大口茶，惊诧道：“嗯，这二泡茶不错。”

马达华脸上现出笑容，说：“岑建福给的，好喝再给您弄点。”

“他现在干什么？还好吧。”覃大果问。

“还是县人大主任，他现在是高速公路协调负责人，忙得很呢。”马达华说。

“你们那里也修高速了，好啊。以后你回老家更方便了。”覃大果说。

“高速公路服务区刚好修在我们寨子上面，我家两座祖坟挨搬迁，费钱又费力。”马达华说。

“搞建设总会有人要付出，甚至要牺牲一些个人利益，这个免不了。”覃大果又饮了一口茶说，“哎，你能不能找个把校友老板，赞助一下我们这套书？”

“唉，我都离开校友办那么久了，哪里还有人买我的账呢？”马达华面露难色。

“试试看，谋事在人成事在天。你先努力一下。”覃大果说，“这样吧，你的书款我可以先借给你，等你有钱了再还我。怎么样？”

马达华想了想，苦笑说：“好吧，听老师的。不好意思，又给您添麻烦了。”

马达华拜访的第二站是岳父江元中。岳婿见面少不了要喝酒，他先到菜市场买了半只烧鹅，又称了一条鲮鱼，就径直去往老人的住处。

摁响门铃时，没想到开门的是一个浓妆艳抹的中年女子，双方都愣了一下。女人看了一下他手里提的东西，连忙闪开身子，连连说：“你好，你好。进来吧，进来吧。”

马达华稍微犹豫，微笑着点点头，迈步进了门。他拎着东西直接走到厨房，转身回到客厅，才遇上从卫生间出来的江元中。岳父显然是刚梳过头，丝毫没有什么不安，平静地说：“这次你回去够久了，都快一个月了吧？”

他刚要回答，岳父像是忽然记起了似的，指着女人介绍说：“噢，介绍一下，这位是钟老师，我的舞友。”又指着马达华说，“这位是马教授，我女婿。”

女人绽开笑脸，亮着嗓子说：“幸会，幸会。”

马达华依旧微笑说：“钟老师好。”

钟老师似乎有些尴尬，穿上褐红色的风衣，拿起沙发上的坤包，佯装要走。江元中赶紧把她拦住，说：“钟老师，马教授又不是外人，留下来一起吃个饭吧。”

“哎呀，怎么好意思呢。”她忸怩地说。

马达华也赶忙劝道：“钟老师，都这个点了，在哪里不是吃晚饭啊。”

“我告诉你，我女婿做菜很 OK 的，特别是做鱼。”江元中讨好地说。

“是吗？哎呀，那我就恭敬不如从命喽。今晚我算是有口福了。”钟老师大方地把坤包又放回沙发上。

马达华先是淘米下了电饭锅，接着洗好一只火锅，装上冷水，拍了一块黄姜扔进去，又放了些盐和料酒，盖上锅盖，搁到电磁炉上，开通电源，顷刻间电磁炉就发出嗞嗞的响声。

他打开冰箱，取出萝卜、蘑菇、豆腐和一些青菜，拿到厨房，放进洗菜池，拧开龙头，挽起袖子正要清洗，钟老师却站在后面说：“马教授，菜我来洗，你煮鱼吧。”

马达华顿了一下，说：“水很冷的，你还是休息吧。”

“哎呀，你不要把我当成娇小姐。我说给你听，我在家也是要做家务的。来吧，让我来洗吧。”钟老师说着从他身后挤进来，他只好退到一边，打着燃气灶，动手煎鱼。

不到半个小时工夫，一碟烧鹅，一碟煎鱼，一碟炸花生米，一起摆到了火锅旁边。江元中特意开了一瓶法国红酒，给钟老师面前的高脚杯斟上，又往两只啤酒杯倒满了重阳酒，一杯搁到马达华跟前，一杯留给自己。

钟老师一看这阵势，赶忙撒娇说："哎呀，江老师，我一个人怎么喝得完一瓶红酒呢。"

"你听我说，你先喝吧，实在喝不完再说。"江元中举起杯，"来，好些天没喝酒了，今晚高兴，我们好好喝它两杯。"

咣当一声，三只酒杯撞到一起，两个男人都深饮了一大口，钟老师则试探地饮了一小口。

江元中说："钟老师，我跟你讲，这款酒你放心喝，不上头的。"

"好喝，好喝。"钟老师又补喝了一口。

也许是久不碰酒了，今晚江元中喝得特别兴奋。他不停地给钟老师夹菜，不时跟她碰杯，搞得她都有些不自在了。马达华见状只好自顾自地喝酒吃菜。

钟老师似乎还不太适应跟陌生人吃饭，她每次端杯喝酒都只是抿一小口。往往都要江元中不停地催促，她才肯喝一大口。

"钟老师，我这么跟你说吧，马教授虽说是我女婿，不过我们就像好兄弟好朋友一样，无话不说，没有什么顾忌。你也别把他当外人，不必见外。算起来我们三个都是搞文艺的，他是书法家，也是作家，思想没那么保守。来，我建议你们两人互敬一杯，要有深度，有气势。”江元中笑眯眯地说。

两人碍不过主人的面子，只得各倒了大半杯酒。马达华说：“钟老师，很高兴认识你。”

“马作家，我同样很高兴认识你。来，我敬你。”钟老师率先抬起酒杯，伸到他跟前，他也把酒杯举起来，轻轻地跟她的酒杯一碰，然后仰起脖颈，把酒徐徐送进嘴里。

“好，好。”江元中边鼓掌边说，“我跟你说，喝酒就是要喝出气氛。”

经江元中起哄，马达华和钟老师又喝了大半杯酒。酒兴正酣，江元中趁机提出了酝酿已久的旅行计划。

“达华，你近段不忙吧？上次我说的那个计划是不是可以实施了？”江元中盯着他说。

他明知故问：“爸，什么计划？”

“我看你是被酒醺糊涂了吧，上次我说要去看衡山和黄山，你不会忘了吧？”江元中言语里透出一些不满。

“噢，爸，我确实是忘了这件事。这段时间老家那边麻烦事比较多，搞得我都有点焦头烂额了。爸，您看这个事能不能缓一缓？现在都年底了。更何况，现在天气这么冷，那边都快下雪了，上山不好玩的。”马达华说。

江元中听了有些不高兴，说：“达华，大丈夫要拿得起放得下，老家那些事你也要学会放一放嘛。我跟你讲，如果我们赶得上下雪更好，毛主席说无限风光在险峰，下雪了风景更美。”

“爸，不瞒您说，这段时间我确实忙，我们准备出版一套书法作品集，别人都交书稿了，我还差二十多幅，都拖后腿了。我得静下心来写几天，补齐了交给他们。”马达华说。

“写毛笔字有那么难吗？我给你两天时间，怎么样？两天可以写几十幅了吧。啊？”江元中又端起酒杯，固执地说。

看着几乎是蛮不讲理的岳父，他只好垂下头，叹气说：“爸，您先让我考虑考虑，我的时间确实很紧。”

“别婆婆妈妈的了，男子汉大丈夫，做事情莫要瞻前顾后的。怎么样，过几天我们说走就走，带上钟老师，一路好好玩玩。”江元中神情激昂地说。

钟老师觉得两人再讨论下去可能会闹得不愉快，于是赶忙给每个人杯里斟了些酒，说：“两位老师，时间不早了，没有不散的筵席，我们是不是可以喝一杯结束酒了？”

“好的，听钟老师的，喝酒喝得恰到好处最好，开心就好。来，干杯。”江元中说着举起酒杯，三个人的酒杯又碰到了一起。

回到家，江兰岚还在抱着陆虎看电视剧，他把岳父想让他这几天带去自驾游，他自己又没有时间去的事和她说了。

想不到她听了，撇嘴说："你不想去就应该直接拒绝他，回来跟我发牢骚有用吗？"

"问题是我已经婉转地拒绝了，但是爸根本听不进去。我说我这些天忙，他硬是不相信。"马达华显得很无奈。

"老马，我跟你说，我老爸的驴脾气是你惯出来的。你现在是自食其果，是自作自受。"江兰岚一副事不关己的样子。

"嗨，如果他不是你的老爸，我也不会惯着他。正是因为他是你的老爸，我的岳父，我才这么尊重他，让着他。我也是看见他一个人过日子，孤身一人，才会经常去看望他，他才会这么依赖我，信任我。难道我这样做是做错了吗？"

"我觉得他一个人过挺好的，挺滋润的。每个人都有自己的生活，没事别相扰。"她说。

"我不觉得，其实他一个人过得不怎么样。所以才会有一帮人去围着他转，把他当成肥羊，当提款机。"他反驳说。

她不满地瞪了他一眼，说："老马，我不和你争了，我不想影响睡眠。"她抱着猫站起来，"走，陆虎，我们睡觉觉。"

随着咚的一声响，主卧室的门关上了。

本想让她知晓老岳父的“奇葩”行为，一起想办法让他打消去旅游的念头，料不到她竟这样对自己冷嘲热讽。他真的想推开那扇刚刚紧闭的门，继续和她理论一番。然而，他晓得再争论下去，最后输的一方肯定还是自己。这种一边倒的状况，其实从儿子出生的时候就开始了。那时候，他觉得女人生育孩子非常辛苦，无论出现什么情况，男人让步是应该的，至少在心理上能够给对方一些补偿。

但是，实践证明他这样做并不能得到她的理解，很多事情本来道理在自己这边，可是到了她嘴里却变了味儿，反而成了自己的不是。这种一边倒的战争打了几十年，至今自己仍然没有一次胜算，屡战屡败。想想再这样下去，这辈子的英名可能要毁在老婆大人的手上了。于是，他当即作出了一个重要决定。

第二十三章

第二天清晨，马达华还躺在床上就给江元中发了一条短信："爸，早上好！很抱歉，昨晚我不应该当着钟老师的面和您争执。对不起。我回来考虑了一个晚上，觉得我们的自驾游还是应该去，不过要一周以后才能出发，因为我要用几天时间进行封闭创作。您先做好准备，一周后联系。祝开心！女婿马达华。"

发完短信，他就关闭了手机的卡1，开启了卡2。这样，手机里的绝大多数联系人就没法找到他了，只有他可以有选择地联系别人。起床后，他随手拣了一些换洗的衣物，把宣纸和笔墨印章装进书画专用包里。

按照昨晚和九哥的约定，他打算到他那里小住几天。九哥本名覃阿九，是西塘学院1976级毕业生，是一个中学退休数学教师，也是一名书法爱好者，居住在红水河畔的大化县城。当年马达华到县里联络校友，因为两人都爱好书法，还爱早晚喝两杯，可谓是志趣相投，有点相见恨晚。自此，他们每年都会见上一两次面，一起喝小酒聊书法。或马达华去大化看他，或他到南宁来走走。

九哥早年在县城河边自建了一栋四层小楼，一楼是他自己开的书画店，二三楼是主人住房，四楼为客房。他的一双儿女都不在父母身边，大儿子在深圳，二女儿在南宁。每次马达华到访，他都被安排住到楼上。小县城物产丰富，羊肉牛肉猪肉和河鲜都是原生态食品，青菜种在楼顶，鸡也养在楼顶，几乎是自给自足。因为具备了所有的生活和创作条件，那里便成了马达华除了老家之外，去得最多的地方。

九哥擅长小楷，出版过两本字集，还是县里楹联协会副会长。他每个假期都办一两期书法培训班，教授各种书法字体，广受爱好者欢迎，因而他在县城书法圈的名气也愈来愈大。

马达华给江兰岚留了一张字条，告诉她，自己去大化搞封闭创作了，若无特殊情况请别打电话。电话号码是九哥的，她去过九哥那里，彼此认识。

开车出了校门，一直沿大学路往东约十公里，再拐向北，不久就上了高速。这条编号为 G75 的高速公路，因起于兰州，经甘肃、四川、重庆、贵州、广西、广东至海口，也称为兰海高速。和回老家不一样，每当他上了这条高速，心情就像去想去的地方旅游一样舒畅。

此时此刻，他又因为昨晚自己作了一个英明的决定而暗自得意起来。人一旦得意，他便扯开嗓子随韩磊的歌开始吼叫：“走四方，路迢迢水长长／迷迷茫茫一村又一庄／看斜阳，落下去又回来／地不老天不荒／岁月长又长／……一个人走在荒野上／默默地向远方／不知道走到哪里／有我的梦想／一路摇，一路唱／一路茫茫山岗……”

一路吼，一路走，不知不觉中，眼里有两行泪悄然滑落，湿在脸上，感觉有一些冰凉。他腾出一只手抹了一下，然后继续跟着车载 CD 嘶吼。

两个小时之后，马达华驾车跨越高耸的红水河大桥，来到位于北岸的临河街的“九哥书画”店前。

还没下车，他一眼就看见门楣上熟悉的字体，那是他题写的店名。两年前，即将退休的九哥特意到南宁请他题写店名，他二话不说就挥笔写了“九哥书画”四个大字，并署上自己大名。九哥如获至宝，赞道：“好字，好字，拙而大势，就如同红水河九拐十八弯。”想不到，九哥真的把字雕刻在一块红木上，堂而皇之挂在这里了。平心而论，这几个字当时也是神来之笔，他下笔的时候，脑海里就浮现出红水河枯水期瘦骨嶙峋的模样。这或许就是书法所说的境界吧，需要蓄养，不可强求。

久不见面，两个老朋友自然是握住对方双手久久不放。站在一旁的女主人看不下去，在九哥肩上拍了一下，嗔道：“哎哟，你手这么冷，就不怕冻到马老师呀。”

九哥听了才松开手，尬笑说：“今年才第一次见马老师，再冷也要握的。你不晓得，马老师的手不是一般的手，很有灵性的。”

马达华连忙把手伸向女主人：“嫂子，我们也握一下吧。又来打扰你了。”

女主人边握手边笑说：“哪里，哪里，老头子时常还念叨你哩。”

进到店里，墙上的装饰更是令马达华大吃一惊。左面挂有他写的“天道酬勤”和主人写的“厚德载物”八个大字。右边挂有主人和包括他在内的多位名人的巨照，而他和主人的合影则被安排在中间，照片也最大。约五十平方米的大厅里，竖摆着一张大长实木桌，既可做课桌，又可以当书案，可以满足十多个人同时练习写字。这样的布置，令他既意外又惶恐。显然，主人是把他的影响力扩大化了。同时，从某种意义上说，他觉得在这里自己已经被老朋友当作了谋利的工具。然而，不管怎么说，经过长期交往，他看到了九哥对自己的诚意，也晓得他对自己更多的是敬重。

晓得马达华要来，女主人早已杀好了一只鸡，加上早上九哥去菜市场买的山羊肉和河鱼，三个人的中午饭很快就上桌了。客人来了有好酒，酒是玉米酿的，只有二十来度，饮入口中似乎淡如白水，却后劲儿十足。不晓得底细的人上桌就把它当开水喝，殊不知先醉的就是他自己。马达华深知大化玉米酒的厉害，推说昨晚上没睡好，中午就喝两个中杯。九哥虽说很想尽兴，但觉得中午还是不要为难他，待晚上再说。

饭桌上，马达华告诉九哥，自己已经办理了退休手续，本来可以像他一样轻松一些的，不过反而更加忙碌了。造成这种状况的原因很多，但他觉得主要是还不晓得如何管理自己，让事情牵着鼻子走，所以活得相当狼狈，也相当累。因此，他昨晚才临时决定来他这里躲几天，顺便搞点创作。覃校长策划出一套书，就等他交稿了。

九哥听了笑说："马老师你这样做就对了，只要你愿意，你想待到几时都行。我现在只办一个班，早上太冷，孩子们都是下午才来，晚上也没什么事。生活方面你放心好了，嫂子会安排好的，早餐、午饭、晚饭会按时做好。房间有空调，有电视，有网络，洗澡有热水。红水河不缺电，你尽管使用。"

马达华听了心生一阵暖意，说："实在是给你们添麻烦了，不过我有两个要求。"

"你说。"九哥说，"几个都行。"

马达华说："我要求早餐自己到街上吃，主要是我会起得比较晏，另外呢，我特别喜欢你们这里的羊肉生榨粉。"

"你爱吃生榨粉，我可以去买回来给你嘛。"女主人说。

"不用的。"马达华摆手说，"我要到店里去吃新鲜滚烫的生榨粉，就吃那种感觉。"

九哥说："那早餐就由你便了。还有一个要求呢？"

"也不是什么要求，就是你们有什么活有什么忙，需要我帮忙干的，要尽管说，不要客气。免得我来这里白吃白喝的，心里过意不去啊。"马达华说。

九哥笑呵呵地说："好，等你调整好了，帮我给孩子们上一节书法课。他们天天都看见你在墙上，这次真人来了，他们一定会很高兴的。"

"没问题。"马达华爽快地说。

站在九哥家的楼顶，能够看见车水马龙的红水河大桥，透过行道树的缝隙能隐约看见墨绿色的河水，裸露的岸石狰狞怪异，可远眺上游约两公里处的水电站大坝。

当年，红水河十个梯级电站首先在这里开始由图纸变成现实，大化瑶族自治县也应运而生。九哥也由镇中学教师摇身变成县中学教师，幸运的是，他当时倾尽所有，在荒凉的临河街买了一小块地，建起了这栋四层小楼。马达华不止一次赞扬九哥当年的远见，据说，在大化县城，这样的小楼现在已经值一百多万了。

可能是近段时间太累的缘故，马达华的午觉一直睡到下午四点多钟。他洗了把脸下到一楼，看见十几个小学生模样的孩子正在听九哥授课。九哥边用粉笔在黑板上写了一行楷书，边让孩子们在桌子上照葫芦画瓢。

听到脚步声，九哥转过身来，忽然大声地对孩子们说："同学们，你们看是谁来了？"

孩子们面面相觑，都傻愣愣地盯着马达华看。九哥指着左边墙壁上的照片，进一步提示说："你们看，他像谁？"

孩子们都恍然大悟，齐声叫道："马达华老师好。"

马达华握紧双手，连连作揖："同学们好，大家好。"

九哥拍拍手上的粉笔灰，大声说："同学们，这位就是老师经常跟你们说的马达华老师，大家鼓掌欢迎。"

孩子们热烈鼓掌。

"马老师既是著名书法家、著名作家，又是西塘大学教授。他不仅字写得好，文章也写得好。现在，我们欢迎马老师讲话。"九哥说着又带头鼓掌。

马达华走到九哥跟前，对孩子们说："同学们，首先我更正一下，我不是什么著名书法家，也不是著名作家，和你们一样，我只是一个书法爱好者。覃老师既然叫我说几句，那我就说几句吧。说得不对的地方，请你们批评指正。"

"马老师太谦虚了。"九哥说。

"同学们，我问大家，你们为什么要学习书法，为什么要学毛笔字?”马达华问。

“因为毛笔字好看。”

“老师说字写得帅人才帅。”

“因为我想写对联。”

“因为……因为以后长大了用得上。”

…………

一阵叽叽喳喳的声音过后，马达华做了一个安静的手势，教室里立即寂静下来。

“同学们，你们说的都对。不过，你们要晓得，书法是我们中华民族优秀传统文化，这一笔一画、一横一竖都有我们做人的道理。我们学书法写毛笔字，既是继承弘扬民族文化，又能涵养我们的心灵。所以，大家跟老师要好好学习，将来做一个对国家有用的人，好不好?”马达华大声说。

“好!”学生们又一次大声回答。

见讲得差不多了，马达华跟大家挥手告别，径自出了店门。时近傍晚，天空中飘起了蒙蒙细雨，沾在脸上，有一种清爽的感觉。他没有犹豫，直接穿越街道和绿化带，站到悬崖边上，朝河面看去。只见槽状的河床中央只有一条几十米宽的水带缓缓地流淌，偶尔有几只水鸟结伴掠过水面，很快就消失在迷蒙的远处。

他记得，丰水期的红水河不是这样子的。浑浊的河水从水电站泄洪道上奔涌而下，形成了一个巨大的瀑布。汹涌的河水淹没了两岸犬牙交错的礁石，发出低沉的吼声，滚动着向下游流去。人站在距离水面百米外的街边，都会感到流水的震撼和凉意。

快有两年时间没来了，这里的一切似乎没有什么变化。他记得九哥说过，在水电站的坝首附近，有老板投资建起了一个名叫达吽的旅游小镇，据说吃喝玩乐一应俱全。达吽是当地方言，意为“红色河流”，要是有机会，一定好好去体验一下。

他沿着街道与河岸之间的崖上步道往上游走，一会就发现有一条新开的步道直通河边，至少有几百级台阶。

在好奇心的驱使下，他小心翼翼地踩在湿滑的石板上，一级一级地往下走，每踏一步嘴里就数一个数。十多分钟后，他终于抵达河岸边的一个亲水台，总共三百三十级台阶。某年三月三，他曾随覃大果老师到这里采风，看见上千名青年男女聚拢在大化歌圩，他们一边对歌一边玩一种碰蛋的游戏。这一天，来赶歌圩的男女，口袋里都装有一个煮熟的鸡蛋。他们先是聚集成群对唱山歌，然后要是看到了意中人，男的就手里握着鸡蛋过去要求跟女方互相碰蛋。若是女方也看中男方，就会将蛋露出来跟他用力碰撞，一旦双方手里的蛋碰裂了，那就意味着彼此缘分到了。若是女方看不上男方，就会紧紧攥住手里的蛋，转而用手背对着对方的手，不让手里的蛋和对方发生碰撞。这种有趣的歌圩习俗在广西其他地方并未发现，只有大化红水河畔一直流传。

马达华看见一大片因水位下降而干涸的沙滩，上面有一大堆鹅卵石裸露在岸边。他跳下亲水台，踏着光滑的岸石走到沙滩上，发现这里有不少形状各异的奇石，被雨水浸湿之后，发出诱人的光泽。

在大化，大河深处有一些质地坚硬的石头，因为多年流水的冲刷，形成了各式各样的造型。有的似动物，有的像盆景，形态万千。而有一些河段的石头已有些玉化，呈现出晶莹剔透的质地和特别的纹理，这样的石头被玩家们称为大化彩玉，价格更是不菲。在巨大利益的驱使下，更有一些胆大敢于冒险的人，借助潜水工具和起重设备，从河中采挖奇石，捞上岸后略为加工装饰，就可以卖个好价钱。行情好的时候，一块品相好的石头往往能卖上几十万甚至数百万，有的人因为采石卖石，身家达数千万，有的成为亿万富翁。因而大化一带的红水河奇石，也被人们称为疯狂的石头。马达华多次参观过大化奇石珍宝馆，望着那些动辄价值千百万的石头赞叹不已。

他眼前的这些小石头，大化人根本看不上眼，只有像他这样的外地人才会在这种地方挑拣石头。其实，他并不是什么奇石爱好者，只是想看看有没有适合用来镇纸的小石块。虽说以往九哥也送给他一些，但是能够自己在红水河上拣到称心的石头，感觉绝对不一样。

他一口气在河滩上拣了十来块石头，拿到冰冷的河水里洗了又洗，接着选了又选，最终选了四块手机一般大小的，用纸巾擦干，然后装进衣袋里。

他一步一级地爬上阶梯，缓缓地向上走，然而只走了几十级，身上就冒出了阵阵热汗。他不得不脱下冲锋衣，用衣服卷起石块，继续一边喘气一边往上爬。

也不晓得歇了多少回，当他气喘吁吁地爬到街边绿化带时，感觉浑身就像快要散架了似的，不得不坐到连廊的石椅上歇息。这时，九哥也快步走到他身边，大声说："马老师，你家夫人刚才打电话找你。我以为你往上游走，就去那头找你了。"

"不管她。"马达华喘着气说，"她说什么了？"

"没说什么，只说找你接电话。不会是查岗吧？"九哥笑说。

"不会的，都老夫老妻了。"马达华说，"这个台阶太陡了，唉，累死人了。"

"他们应该搞成'之'字形的，台阶这么直上直下很费力的。热天我们下去游泳，上来又是一身汗，太折磨人了。"九哥催促说，"回去吧，坐这里久了会着凉的，你先洗个澡再吃饭。"

马达华一边洗澡一边想，自己才离开家大半天时间，江兰岚的电话就追过来了，到底能有什么事呢，会不会是老岳父有什么状况了？不过回想起来，昨天晚上他说话的语气确实是有些冲动，声音也有些高，加上今天早上掐断了手机联系的通道，老人家一下子可能接受不了，向他兴师问罪来了。大概率可能是这样。不管了，只要不是天塌下来，什么事都不会动摇自己的决心。既然来大化了，就要好好写这二十几幅字，先把书稿完成再说。

晚饭除了火锅，还多了两个下酒菜，香煎油鱼和炸酥黄豆。油鱼是河鲜之首，轻易买不到，九哥说是学生家长送的。这种手指般粗，长不到一拃的小鱼属于底层重唇鱼类，肉质细腻，饱含脂肪，煎炸之后骨脆肉酥，入嘴后连肉带骨在齿间细嚼慢咬，全都可以吞咽进肚。黄豆不黄，呈淡绿色，也是本地名产。吃前先将黄豆泡水十二个小时，洗净后沥干，放入温油中小火慢炸至酥脆，吃起来香脆爽口，绝对是喝酒时的上品伴侣。

除了下酒菜，女主人还特地做了他爱吃的玉米糊。这种红水河一带特有的主食，其实做法相当简单。先把冷水锅架在火上，再一面舀起玉米粉均匀地撒在锅里，一面用木棍轻轻地搅动，直至水沸成粥。这种食品最关键的因素是食材，大化喀斯特山旮旯儿里生长的玉米含有特别的香气。这是马达华每次来必吃的食物，返程时还要带一些回去。大化的农贸市场有不少这种加工好的玉米粉，只不过只有当地人才知晓哪一家店铺的品质最好。

九哥说，他平时自己一个人喝酒一般都是两杯，三两左右。今晚马达华来了，他提议增加一倍，马达华欣然同意。

第二十四章

马达华和九哥借着酒兴边饮边聊，海阔天空，无边无际。忽然，九哥面前桌上的手机响了。他只瞄了一眼便将手机递给马达华，笑说：“应该是你的。”

马达华疑惑地看了他一眼，默默地接过手机，凑近一看，果然是江兰岚的号码。

他赶忙点击接听键，站了起来，边走出门边调侃地说：“你好，老婆大人。”

“好什么好，老马，你都干了什么你知道吗？我告诉你，你这么做相当于杀人不用刀。你这招也太狠毒了吧！”江兰岚一开口就狂轰滥炸。

“我又做错什么了？你好好说。”马达华一时被擂蒙了。

“你听我讲，你别玩掩耳盗铃的把戏了。你做了什么难道你不知道吗？”江兰岚说。

“你讲，我真的不晓得。”马达华央求说。

“你昨晚和我老爸吵了架，是吧？今天大清早你就关掉电话走人，你这么干难道不是想气死他吗？我跟你说，他要是有个三长两短，我饶不了你！”江兰岚继续凶巴巴地说。

“没你说的那么严重吧。那他现在到底怎么了？”马达华有些慌了。

“我告诉你，我爸他今天到现在还没吃一粒饭，还说胸口闷。我去看了，他情绪非常低落。”江兰岚说。

“那你应该送他去医院看一下，我离那么远，赶不回去了。”马达华说。

“我告诉你，送不送我爸去医院是另一回事。我打电话找你，主要是要谴责你搞冷暴力，谴责你不厚道，谴责你虐待老人。”江兰岚还是一阵穷追猛打。

“好，好，好。都是我不对，我考虑不周，我没考虑到老人家的感受。你先安抚他一下，等我回去了马上去跟他赔礼道歉。好不好？”马达华央求说。

“不好。”江兰岚说，“我警告你，你可以对我不好。但是，但是不允许对我老爸不好。你明白吗？”

“晓得，晓得。”马达华连连说。

回到饭桌，九哥用一种怜悯的目光看着他，关心地说：“怎么样，没什么大问题吧？”

"没事，老岳父闹点情绪，老婆借题发挥一下。哎呀，人真是越老越脆弱了，不好侍候啊。"马达华说着花了十几分钟，竹筒倒豆般把事情的前因后果跟九哥诉说了一番。

九哥颇有同感地说："唉，每家都有一本难念的经啊。我老母亲也是这样，跟几个儿媳妇都没法相处，都怀疑别人故意对她不好，只能一个人自己住在乡下了。妇联那边老是说我们不赡养老人，其实情况并不是这样。难啊。"

马达华不想在这个话题上浪费太多时间，便改了个主题，说："不说那些烂事了。九哥，我想了一下，我这次创作的主题想做一些改变，比如，不写古诗词，不写名言警句，伟人诗词以往也写了不少了。我想在内容方面做一些创新。"

"好啊，真正的书法需要不断地创新。你是名家，又是作家，最好做个表率。玉林那个老韦，去哪里都爱写'滚滚长江东逝水……'，柳州老柯拿笔就是'北国风光……'。结果每次书法界开会搞活动，大家见面就问'滚滚长江'来了没有？那个'北国风光'呢？哈哈，真是太搞笑了。"九哥诙谐地说。

马达华听了，也忍不住呵呵笑说："我们覃校长也是，又不好说他太多，说了他也不愿意改变。他的小本本里都是诗词和警句名言，什么'上善若水'呀，'厚德载物'呀，'紫气东来'呀，呵呵。我想做点特别的，你帮我参谋一下。”

“好，先干一杯。”九哥又拎起酒杯，和他碰了一下。接着说，“你说说看。”

“我想这样，一类是用中国五十六个民族作为书写内容，每个民族的介绍浓缩在一百至两百个字，用不同书体表现。第二类，把我们农村常见的用品和食物，每一种编成一百字以内的条目，说白了就是搞一种农耕文化。当然，这个要以《辞海》或者民间传说为依据。第三类，每个民族的一两首经典民歌、山歌，不要太长。”马达华一口气说完。

九哥听了拍手鼓掌说：“太好了，太好了。这样的书法才有烟火味，才接地气。来，来，来，干一个。”

碰了一次杯，马达华才醒悟道：“九哥，你还没给我出主意呢。你说，哪一类更好？”

九哥立马做沉思状，蹙眉一会才说：“每一类都各有亮点，都有厉害之处。书法作品是给人看的，肯定要有意思，有价值。不过，我还是希望你写第一种。为什么呢，它有资料价值，也有知识价值，更有政治价值。”

“好，那就听九哥的。”马达华说，“我明早就动手准备材料，明天晚上借你的大桌子，开写。”

第二天早上吃完早餐，马达华先给江元中发了一条道歉短信，又跟老家的父亲通了电话，然后打开笔记本电脑，拿出纸笔，开始搜集资料。

他想从广西的十二个世居民族开始，他们分别是壮族、汉族、瑶族、苗族、侗族、仫佬族、毛南族、回族、京族、彝族、水族、仡佬族。接着再从云南贵州的少数民族开始，由南到北，先选出三十个民族作为第一批创作元素。

借助《辞海》网络版的帮助，他只花了一个上午和一个下午的工夫，就把草稿准备好了。傍晚，他再次来到河岸上的奇石馆，仔细观看馆外那几块数十吨重的巨石。每次来大化，他都会到访这里。因为那一块块巨大的石块上，刻画着他在别的地方无法看到的天然纹理、线条和色彩。亿万年的冲刷，使得这些石头上的画迹无比丰富又超乎想象。

他沉迷在大自然的鬼斧神工之中。不知不觉中，细雨又开始飘扬起来，针头般大小的雨粒停留在他的头发上，在衣服上铺陈了一层薄薄的水晶体，脸和眉毛也被打湿了。他仿佛在那些自然而狂放的纹路中，想象到了自己写字时的笔势和气运，一种蓄势待发的气魄溢出了冰冷的石头，和他的呼吸混为一体。

这一周，马达华全身心专注于创作中，就连九哥都不由得赞叹，如果他能够保持这样的状态，别说是加入中国书协，就是拿个兰亭奖也不是没有可能的。他晓得九哥不是调侃，而是出于一种由衷的敬佩，对此他不禁从心里也油然生出些许得意。有些时候，人是需要别人逼迫才能有所作为的，他现在就是这样。

中午时分，当他径直把车开到校长楼前面时，他终于有了迈入覃大果家门的底气。

此时覃大果和高老师正在吃午饭。看见他拎着大袋小袋进来，高老师赶忙站起来，大声说:“哎哟妈呀，马主席来了。还没吃饭吧?”

马达华边向老师点头招呼，边把东西放到地板上，又转向高老师，微笑说:“还没吃呢，刚回到。我一会到饭堂去解决得了。”

“达华，都带了什么东西回来啊？”覃大果兴致勃勃地问。

“九哥送了一条红水河鲤鱼，有三四斤，已经杀好了用冰块包住，一会马上保鲜。我买了几斤山羊肉、两三斤豆腐酿。老师，今晚叫几个人来研究研究如何?”马达华笑着说。

“好，我负责召集人，你负责厨房。”覃大果说，“喂，你不会是只弄几斤羊肉回来打发我吧?”

马达华听了一愣，旋即转身回到车边，打开车门，从后座上取出一个塑料筒。筒子一米余长，碗口般粗，两头都扣有塑料罩。他抱着塑料筒来到一脸懵怔的老师跟前，用一边胳肢窝夹住筒子，一边手用力一拧盖子，露出一大卷宣纸。他将筒子一端慢慢抬起，小心地抖动几下，里边的纸卷就一点点地挤了出来，一股墨香即刻弥漫开来。

覃大果终于明白，这个宣纸卷应该就是马达华这些天的创作成果了。他好奇地站了起来，边走向书房边满怀期待地说：“你马上打开，让我欣赏欣赏，尝尝鲜。”

随着纸卷徐徐打开，第一幅作品也在覃大果面前呈现了出来。这是一幅有关壮族的简介，近两百字的行楷排布在大标题四周，不仅字体自如洒脱，标题字也大小适中，适当的留白，总体给人以视觉上的冲击与享受。

“好字。我吃了饭再看看。你也先去吃饭吧，一会饭堂打烊了。”覃大果说。

马达华隐约觉得，老师似乎对他的这幅字不是很满意，只是淡淡地说了“好字”两个字，是不是没有达到他预期的效果呢？他不由得有些忐忑起来。

他刚要走出门口，覃大果又叫住了他，说：“达华，下午你过来早一点，我们去看一下我哥。”

“好的。”他应声出了门。

吃完午饭回到家，江兰岚并不在家。陆虎听到动静，悄无声息地跑出来，在他裤脚上蹭了一下，又回主卧去了。他把从大化买回来的小白菜和玉米粉放到厨房，到卫生间洗了把脸，便回到房间准备休息。这时，屋门响了。

“老马，老马。”刚进门江兰岚就连喊了两声。

马达华默不作声地走到房门，露出半个身体，说：“你回来了，有什么事?”

“吓死我了。那个老刘……他跳楼了。”江兰岚声音颤抖地说。

“哪个老刘?”他惊愕地问。

“前面那栋，美国回来那个老刘，以前物理系的。”她还是有些语无伦次。

他终于听出来了，住在前面那栋的，前几个月刚从美国回来投奔儿子的刘教授，刚刚跳楼自杀了。

他叹了一口气，说：“我刚才上来没看见呢。”

“你从车库上来，怎么会看见?”她说着便直奔卫生间，不再搭理他。

他晓得，刘教授早年毕业于清华大学，曾经是学校里最牛的物理学老师，出过几本专著，在国内有一定学术地位，如果是现在报个院士应该没问题。他退休后就和老伴儿双双去了美国，随女儿一起生活。不承想，老伴儿前些年先他而去，女儿也和丈夫离了婚，离婚后女儿精神出了问题，时不时跟他吵吵闹闹，他心一横，就回来跟儿子过了。儿子住的房子其实是他名下的，但住久了就鸠占鹊巢了。儿子还和媳妇合伙试图让他自己去租房子住，为这事他没少找学校反映。学校都调解好几次了，他儿子都是当面说没问题没矛盾，可是过后又都变卦了。估计是刘教授已经心灰意冷，于是一跳了之。

刘教授自尽的消息搅得马达华一个中午都没睡踏实，他迷迷糊糊中醒来时已是下午三点。想起覃大果的叮嘱，他赶忙起床下楼，往校长楼走去。

久不去看覃大毛了，他觉得不应该空着手去，就拐进校园十字路口的便利店买了一件水牛奶，拎到校长楼。覃大果似乎早已等在门口，见他手上拎有东西，就责备说："怎么搞的，我去看我哥，你带什么东西，帮我开车就已经很麻烦你了。"

马达华讪笑说："也不是什么值钱的东西，带点心里安然嘛。"

"下次不许这样，我们是师生友谊，很纯洁的，不能这样。"覃大果说着打开车门锁，把车钥匙交给他。

"老师，您跟我还要讲客气话吗？您连出书的经费都帮我付了，我拿什么报答您呢！"马达华说。

他把水牛奶放到后座，坐到驾驶室，发动了汽车。

小车刚驶出校园，覃大果就夸赞说："达华，我跟你说，你这批作品可以说是脱胎换骨啊，我给九十分。"

马达华心里暗喜，说："老师，您给的分也太高了吧。"

"高不高，等一下他们几个来了一起评判再说。我个人认为，搞书法必须走新路，搞创新，这样才有前途。你这种探索精神是对的，值得大家学习。"覃大果腔调逐渐高昂起来。

“老师，您今晚都通知了谁呀?”马达华问。

“出版社鲁编辑、冯文科、李文才、郑立宗，那个谁，阮江涛没空。你看，还叫谁?”覃大果试探地问。

“也够一桌了。我再想想，不急的。”马达华说。

马达华其实想叫梁英彦的，她前几天还给他发了微信，似乎是有什么事找他。不过他并不想和老同事走得太近，退休了就不要再和原单位有过多牵扯了。有的新领导说希望老领导经常回来指导工作，继续发挥余热之类的话，多半是言不由衷的。更何况，梁英彦还是个女同事呢。

晚上，马达华在厨房里忙碌，高老师在一旁帮手。覃大果和鲁编辑冯文科李文才郑立宗等则在书房里品评他的书法作品。正如覃大果说的那样，他的这组作品无论是在形式还是内容上，确实是有了新的突破。

晚饭的食材，主要以马达华从大化带来的东西为主。他做了一个干锅羊肉、一个红烧鲤鱼、一个蒸豆腐酿，加上高老师拿手的大盆东北乱炖、油炸花生米、油渣炒菜心，摆了满满一桌。

大家刚入座，不料梁英彦从办公室打电话过来，说是有事找他面叙。他不加思索地说自己正在吃饭，若她方便就过来覃老校长家，一起边吃饭边聊，没想到她竟爽快地答应了。

梁英彦的到来，让饭桌的气氛活跃了不少。不过，席间大家都毫不吝啬地对马达华的新作品表达了赞赏。这让他心里压住的那块石头彻底卸了下来。梁英彦找他说事，其实是告知他，年度考核已经完成，同事们都同意把学校工会唯一的一个优秀指标给他。

接连的好消息，让他有些飘飘然，不知不觉中又喝得有点高了。

第二天早上，他早早地来到市中心的朝阳花园。他远远地就看见，江元中穿着一身褐红色的民族服装在众人前面跳芦笙舞，十分耀眼。他晓得，自从社区赞助了一台大功率播放器后，老岳父就不怎么吹奏民族乐器了，偶尔吹奏一下，也只是烘托跳舞的气氛。

和江元中一起领舞的是那个和马达华有一面之交的钟老师，她今天穿着宝蓝色的连衣长裙，在众多大妈大叔前面翩翩起舞，两人配合默契。在经过编曲的《壮乡春早》乐曲声中，重金属加马骨胡和芦笙的吹奏融为一体，强烈的节奏感使每个人都忍不住想扭动一下身体，迈开舞步。这是时下最风靡的广场舞音乐之一。

马达华伫立在一旁，沉浸在优美音乐和曼妙舞姿之中。

一曲终了，他走近江元中身边，微笑着跟他打招呼："爸，你们跳得真好看，我都想不到这么好看呢。"

老岳父也微笑说："达华，你回来啦，完成创作任务了没有？"

"就写了二三十幅字而已，算是交了差吧。"马达华讪笑说，"爸，对不起啊，我那晚上有点喝多了，一时犯糊涂了，所以，就……"

"嗨，你别多想。我跟你讲，我后来也想了，你现在虽说是退休了，可你也还有自己的兴趣爱好，还有自己的事业。你老家还有几个老人要打理，还要照顾我这个岳父，其实是很难应付过来的。俗话说，一墙难挡八面风啊。我也想了，如果我是你我怎么办？如果我们每个人都能够换位思考，都为别人着想，就不会有这样那样的误解了。你说是不是？"江元中大声而诚恳地说。

"谢谢老爸理解。您大人大量。"马达华怯怯地说。

江元中和马达华说话的声音越来越大，引来了钟老师。

"马教授，一起来跳舞啊。"钟老师笑吟吟地说。

马达华看看老岳父，又看看钟老师，赞道："谢谢了。钟老师，你们跳得真好，我看了很享受。"

回来的路上，江元中给他发了一条微信。微信上说："达华，我想好了，我们还是暂时不要去旅游了，时近年底，大家都忙。待以后有时间有心情了，我们再出发。谢谢你。另外，往后若没有什么要紧事，我也尽量不打扰你们了。我现在早晚可以自己料理，钟老师也经常来照顾我，我们在一起也蛮开心的。放心吧。"

看完微信，他骤然感到胸口有一股温热的东西涌上喉头，却又被吞咽下去。是啊，对于一个耄耋老人来说，明天和意外哪个先来到还不晓得呢。一切还是听他自己的意见为好。他这么想着便释然了。

走出地铁站，他又给父亲马世龙打了电话，询问阿公和兄长的情况。父亲告诉他，可能是回到老家的原因，老大的病情居然有些好转了，现在每天能够独自撑着拐杖在院子里走几十圈了。

父亲还问他什么时候回去过年，他说腊月二十以后才能回去。父亲说："那就等你回来了再杀年猪。"

接着，他又拨通了阮江涛的电话。

"大校董，在忙什么呢？昨晚都不过来喝两杯呢。"马达华俏皮地说。

"抱歉了。期末年底，实在走不开啊。老同学，马主席，打电话有什么吩咐？噢，是不是想跟我说，你想来我这里上班了。哈哈。"

"是有这个意思，给你添麻烦了。不瞒你说，马某人现在财政开始赤字，不干点活恐怕要负债经营了。"

"非常欢迎加入民办高校。你先发一份简历给我，要写好一点哦。"

"非常感谢。"

马达华心里又感觉到一阵温热，眼眶里禁不住一阵湿润。

图书在版编目（CIP）数据

花甲之年 / 黄佩华著. —南宁：广西民族出版社，2023.10
ISBN 978-7-5363-7653-3

Ⅰ.①花… Ⅱ.①黄… Ⅲ.①长篇小说－中国－当代 Ⅳ.①I247.5

中国版本图书馆CIP数据核字（2023）第176948号

HUAJIA ZHI NIAN
花甲之年

著　　者：黄佩华
出版策划：石朝雄
责任编辑：张惠琼
装帧设计：张文昕
责任校对：郑季銮　曾杨月　文秀美
责任印制：梁海彪　莫晓东
出版发行：广西民族出版社
地址：广西南宁市青秀区桂春路3号　　邮编：530028
电话：0771-5523216　　传真：0771-5523225
电子邮箱：bws@gxmzbook.com
印　　刷：广西昭泰子隆彩印有限责任公司
规　　格：889毫米×1194毫米　1/32
印　　张：9
字　　数：160千字
版　　次：2023年10月第1版
印　　次：2023年10月第1次印刷
书　　号：ISBN 978-7-5363-7653-3
定　　价：48.80元